내가 누구든
어디에 있든

Prologue

언제나 그렇듯 모든 일은 갑자기 진행된다.
뉴욕으로 떠나겠다는 결심은 다분히 충동적이었다.
일상은 매우 단조롭고 따분했다.
가끔은 왠지 모를 눈물이 쏟아졌다.

화려한 겉모습,
공허한 웃음.

나는 유리 상자에 갇힌 가녀린 인형이었다.
사람들은 예쁜 인형을 원한다.
아름답게 치장된 모습만 좋을 뿐
가려진 내면엔 무엇이 들어차 있는지 알고 싶어 하지 않는다.

조명이 꺼지고 가면을 벗고
나에 대해 생각해보았다.
나란 사람, 진짜 나.

내가 원하는 삶을 살고 있는지
진짜 나로서 살고 있는지.

스스로에 대해 아는 것이 없었고
진짜 원하는 것이 무엇인지 몰랐다.

진짜 나를 알고 싶었고
진짜 나를 찾고 싶었다.
지금이 아니면 찾을 수 없을 것 같았다.

모든 것을 멈췄다.
지금까지의 나를 버리고 새로운 모험을 해보기로 마음먹었다.
따분한 일상을 정리하는 일은 그리 어렵지 않았다.

남은 건 여권과 커다란 가방 하나,
떠나려는 마음,
그리고 약간의 긴장감.

스물여섯,
나는 무작정 뉴욕으로 떠났다.

Contents

낯선 도시

제1장
들뜨는 마음

제2장

불안한 거주자

새로운 뉴욕

제3장
꿈꾸는 청춘

제4장
사색의 시간

그 시절, 나의 말은 노래였고
나의 걸음걸이는 춤추고 있었다.
하나의 리듬이 나의 사상과 나의 존재를
다스리고 있었다.

— 앙드레 지드 (소설가)

제1장

들뜨는
마음

낯선 도시

1
그래, 지금이 바로 떠날 때야

두 달 남짓 미국 여행을 다녀왔다. 단순히 떠나고 싶었고, 이왕에 갈 거면 여기서 꽤나 멀리 떨어진 곳으로 가고 싶었다.

LA에 도착해 공항을 빠져나오는 순간까지도 내가 미국 땅을 밟고 있다는 사실을 믿을 수 없었다. 넓게 펼쳐진 땅과 드문드문 세워진 건물, 나와는 다른 피부색의 사람들을 보고서야 비로소 '와, 내가 진짜 미국에 오긴 왔구나.'라고 중얼거렸다.

부지런히 이곳저곳을 다니고 새로운 사람들을 만났다. 내게는 첫 해외여행이었던 만큼 하고 싶은 것도 많고, 가고 싶은 곳도 많았다. 샌프란시스코, 라스베이거스 등 미국 서부를 돌아다니고 있을 때 뜻밖의 소식이 날아들었다. 잠시 한국에 들어가 있던 친한 친구와 연락이 닿았는데, 그날 밤 비행기로 다시 뉴욕으로 돌아온다고 했다.

그 순간, 뉴욕에 가야만 한다는 충동이 일었다. LA에서 뉴욕까지는 꽤 멀었지만 나는 조금의 망설임도 없이 뉴욕으로 향했다.

내가 누구든, 어디에 있든

뉴욕에 머물렀던 기간은 고작 열흘이었지만 뉴욕이라는 도시에 매료되기에는 충분한 시간이었다.

속눈썹 사이로 내리쬐는 아침 햇살, 낡은 지하철의 불친절한 진동, 화려한 타임스스퀘어, 그에 대비되는 평화로운 공원, 클럽에 울려 퍼지는 아름다운 재즈 선율, 루프트탑에서 마신 칵테일 한잔.

뉴욕의 모든 것들은 빠짐없이 내 마음속에 새겨졌고, 이 낯선 설렘이 오래도록 자리할 것임을 나는 예감했다.

한국으로 돌아오고 나서는 한동안 멍했다. 여행을 다녀오면 인생이 확 달라질 거라고 생각했지만 기대와 달리 내 삶은 예전과 똑같이 흘러갔다. 품었던 의문과 고민거리들은 일상으로 돌아옴과 동시에 되살아났고, 무한정 반복되는 하루하루를 받아들이며 무의미한 시간을 보내야만 했다.

그럴수록 현실에서 벗어나고자 하는 갈망은 점점 더 커졌다. 사실 내가 왜 떠나고 싶은지, 무엇에서 벗어나고 싶은지 나조차도 알 수 없었다. 그러나 한 가지는 확실했다. 지금 이대로 머무른다면 난 어떤 답도 얻지 못한 채 똑같은 삶을 반복하게 될 것이다. 하지만 시도한다면? 무엇이든 지금과는 다른 것을 시도한다면? 결과가 어찌되든 난 분명히 성장할 터였다.

TV에서 '섹스 앤 더 시티'가 방송되고 있었다. 매 시즌, 매 화를 몇 번이나 보아왔지만 오늘 만큼은 달랐다.

'떠나자.'

내가 누구든, 어디에 있든

단 세 글자만이 머릿속에 맴돌았다. 그 순간, 내 마음을 후벼 파는 대사 한마디가 나왔다.

"Now is the time for guts and guile!"
(지금이 바로 배짱과 꾀를 부릴 때예요!)

'그래, 지금이 바로 뉴욕으로 떠날 때야.'
가슴 깊은 곳에서 꿈틀거리던 불꽃의 방아쇠가 당겨졌다.

2
'유학'이라는 이름의 여행을 선택하다

비자를 마련하기 위해 유학원을 찾았다. 뉴욕에 3개월 이상 체류하려면 비자가 꼭 필요했기 때문이다. 나에게는 비자에 관한 한 선택권이 없었고, 학생비자를 받는 것이 그나마 수월해 보였기 때문에 '유학'이라는 이름의 여행을 선택하게 되었다.

첫 번째로 찾아간 유학원에서는 퇴짜를 맞았다. 학생비자 기준에 비추어볼 때 나이가 많고 대학교를 졸업한 지가 오래되었기 때문이라고 했다. 게다가 패션모델은 학생비자를 받기에 매우 불리한 직업이란다. 쉽게 비자를 준비할 수 있을 거란 나의 예상은 처참히 빗나갔고, "죄송하지만 김나래 씨의 유학 건은 진행하지 않기로 했습니다."라는 비관적인 대답만 돌아왔다.

첫 번째 유학원에서 퇴짜를 맞은 이후로 나는 급격히 우울해지기 시작했다. 이러다 비자 문제로 뉴욕에 못 가게 되는 것은 아닐까 하는 불안감이 밀려왔다. 하지만 상황이 안 좋아지자 오히려 오기가 생겨 꼭 뉴

내가 누구든, 어디에 있든

욕에 가고야 말겠다는 집착 아닌 집착이 생기게 되었다. 보란 듯이 꼭 비자를 받아내고 싶었다.

'포기하지 말자. 난 뉴욕에 갈 수 있어. 꼭 그렇게 될 거야!'

나를 도와줄 수 있을 만한 다른 유학원을 찾아갔다. 하지만 두 번째로 찾아간 곳에서도 마찬가지 대답을 듣게 되었다.

"나래 씨는 일단 학생비자를 받기에는 나이도 많고 학교를 졸업하신 지도 오래되었네요. 그리고 모델이라는 직업이 평범하고 안정적인 직업에 속하지 않아서 학생비자를 받기가 까다롭겠어요."

첫 번째 유학원과 똑같은 말을 되풀이하는 것을 듣고는 눈앞이 깜깜해졌다.

'정말 난 안되는 건가… 이렇게 비자도 받지 못한 채로 끝내야 하는 건가….'

뉴욕에 가기 위해 이미 모든 일을 취소하고 중단해버린 상태라 앞으로의 일이 걱정되기 시작했다. 고개를 푹 숙이고 연신 한숨을 내쉬고 있는 찰나,

"그렇지만 저희가 최선을 다해서 도와드릴 테니 우리 같이 한번 열심히 준비해봐요!"

뜻밖의 대답이었다. 나는 바로 비자 준비에 필요한 항목들을 꼼꼼히 체크해나갔다. 필요한 서류들이 머리가 지끈거릴 정도로 많았다. 우선은 다닐 학교를 선택해 입학 신청을 하고 입학허가서를 받아야 하는데 무조건 비자가 잘 나올 만한 가장 안정적이고 유명한 학교를 선택했다. 그 외

에 여권 사본, 졸업증명서, 성적증명서, 소득증명서, 납세증명서, 재직증명서, 잔액증명서 등등 끝없이 나열된 서류들을 준비해야만 했다.

서류들을 준비하고 인터뷰를 신청하는 데만 한 달이 걸렸다. 모든 서류를 꼼꼼히 챙긴 뒤 마지막으로 유학원을 찾았다. 어떤 서류를 맨 앞에 배열할지부터 인터뷰 예상 질문까지 아주 치밀하게 계획을 세웠고, 수십 장의 서류들을 한 장 한 장 재배열하고 나서야 모든 준비가 끝났다.

집으로 돌아온 뒤 이제 끝이라는 생각을 하자 시원하기도 했지만 내일 있을 인터뷰 생각에 다시금 온몸에 긴장감이 감돌았다. 뉴욕에서 생활하는 동안 학생으로서의 본분에 충실하겠다는 의지를 보여줘야 했다. 패션모델의 집합소인 뉴욕에서 혹시나 모델로서 활동하지는 않을까 하는 의심을 받지 않는 게 관건이었다. 여태껏 열심히 준비해온 것들이 물거품이 되지 않기를 간절히 기도하며 새벽이 되어서야 겨우 선잠에 들었다.

다음 날, 아침 일찍 일어나 재빨리 준비하고 미국대사관으로 향했다. 단정해 보이기 위해 머리를 하나로 질끈 묶고 화장도 하지 않은 채 단색 셔츠를 골라 목 위의 첫 번째 단추까지 빠짐없이 채웠다.

대사관은 인터뷰를 보려는 사람들로 북적였다. 번호표를 받고 의자에 앉아 차분하게 미리 준비한 말들을 속으로 되뇌었다. 전광판의 번호가 바뀔 때마다 사람들이 차례로 영사와 인터뷰를 했고 그 즉시 비자 발급 여부가 결정되었다.

비자 합격률은 높지 않았다. 약 50% 정도만이 비자를 받는 것 같았다. 하긴, 친구 하나도 모든 준비를 완벽히 하고도 인터뷰에서 떨어진 적이 있으니까. 이제 모든 것은 운명에 맡기는 수밖에.

한 시간을 기다린 뒤에야 전광판에 내 번호가 떴다. 심장이 터질 듯한 긴장감을 누르며 천천히 일어나 영사 앞으로 걸어 나갔다. 영사 앞에 서자 더욱더 떨렸다. 수없이 많은 사람들과 카메라 앞에 서왔지만 그 순간만큼 떨린 적은 없었다. 이 한순간으로 앞으로의 내 삶이 결정된다니.

영사의 얼굴을 바라보고는 애써 웃으며 'Hello'를 내뱉었다. 내 담당 영사는 젊은 백인 여자였는데 짜증이 뒤섞인 표정으로 인상을 푹푹 쓰고 있었다. 나는 영사의 표정을 보고는 더욱더 필사적으로 웃어 보였다.

"Do you speak English?"

(영어 할 줄 알아요?)

"Yes, I do, but I prefer speaking Korean."

(네, 할 줄 알지만 한국말이 더 편해요.)

영사는 통역을 불렀고 나는 한국인 통역사와 이야기할 수 있었다. 이것저것 질문과 대답이 오갔다. 영사는 내가 준비해 간 서류를 검토하고 몇 가지를 더 물어본 뒤에도 계속 인상을 찡그리고 있었다. 다행히 예상 질문들이어서 자신 있게 대답했지만 한 번도 미소를 지어주지 않는 영사의 표정이 내내 마음에 걸렸다. 일분일초가 영원히 끝나지 않을 것처럼 길게 느껴졌다. 긴장감은 극에 달했다.

내가 누구든, 어디에 있든

영사는 마침내 내 여권을 집어 들었다. 그 자리에서 여권을 돌려주지 않는다는 것은 합격이라는 뜻이었다. 이제 일주일 뒤면 비자가 발급된 여권을 받을 테고 이로써 나는 정말 뉴욕으로 떠날 수 있게 되었다. 그간 고생했던 일들이 한순간에 깨끗이 날아갔고 속으로는 연신 쾌재를 불렀다. 그날 저녁엔 맥주 한 캔을 따서 조용히 스스로에게 축하를 건넸다.

이제 진짜 떠날 준비가 된 거야.
내 꿈의 도시 뉴욕으로!

어디로든 달려.
돌아가도 좋아.
꼴찌여도 상관없어.
그저 달릴 수만 있다면.

한 발 한 발 내딛을 때마다
새로운 세상이 펼쳐져,
길은 하나가 아니야,
우리의 꿈만큼 존재해,
틀린 길은 없어,
다른 길만이 있을 뿐.

3
내 삶을 송두리째 뒤흔드는 모험

비행기 표와 학교, 비자, 지낼 곳까지 모든 준비를 마쳤다. 마지막으로 통장에 있던 전 재산을 인출해 모두 달러로 바꿨다. 적지 않은 돈을, 그것도 몽땅 현금으로 미국까지 가져가는 건 사실 좀 바보 같은 짓이었지만 나에겐 의미 있는 결단이었다. 미련을 두지 않고 떠나겠다는, 더 이상 뒤돌아보지 않겠다는 암묵적인 다짐이었다.

힘든 일이 있을 때마다 익숙한 것을 찾으려 할 테고 어쩌면 돌아오고 싶어지는 순간이 올지도 모른다. 그럴 때 편안하고 아늑한 환경이 생각 난다면 작은 구실을 만들어서라도 다시 돌아올지도 모를 일이었다. 그런 일은 애초에 만들고 싶지 않았다. 떠날 거라면 이곳에 어떤 미련도 남기지 않고 떠나고 싶었다.

이제 남은 건 짐을 싸는 일. 여행을 갈 땐 길든 짧든 사소한 것까지 챙기지 않으면 왠지 모를 불안감이 들어서 짐을 항상 산더미같이 쌌지만 이번엔 짐을 최소한으로 줄여서 가방 하나로 해결하리라 마음먹었다.

내가 누구든, 어디에 있든

수건도 챙겨야 하고 속옷과 양말도 챙겨야 하고 화장품, 신발, 드라이기 등등…. 비누도 하나 챙겨야겠지? 우산도 하나 필요할 것 같아. 어댑터도 챙겨야 하고, 왠지 거기엔 손톱깎이가 없을 것 같아.

자질구레한 물건들까지 하나하나 챙기다 보니 도저히 가방 하나로는 안 될 것 같았다. 처음 다짐했던 것과 달리 나는 다시 예전의 습관대로 짐을 싸고 있었고, 이렇게 하다가는 몇 날 며칠을 짐만 싸도 답이 나오지 않을 터였다.

부피가 가장 많이 나가는 품목을 골라보았다. 옷이었다. 겨울옷을 가져가야 했기 때문에 부피가 상당했다. 두꺼운 패딩과 스웨터는 몇 개만 넣어도 빈 공간이 꽉 찼다. 결국엔 옷의 양을 확 줄이기로 결정했고 외투는 패딩 한 개와 코트 한 개만 가져가기로 하고 나머지 옷들도 가볍고 간편한 옷으로만 몇 개 집어넣었다. 이로써 짐은 지퍼 끝까지 아주 볼록하게 꽉 찬 가방 하나로 마무리되었다.

이제 모든 준비를 다 마쳤으니 며칠 뒤에 있을 출국을 기다리기만 하면 되었다. 나는 빵빵한 짐 가방 옆에 털썩 누워 눈을 감고 뉴욕에 있는 내 모습을 상상해보았다. 여전히 믿기지는 않지만 나는 이제 곧 여기가 아닌 뉴욕에 있게 된다. 어릴 적부터 항상 동경해오던 바로 그 도시에서 살게 된다.

언제나 내 꿈의 도시였던 뉴욕. 딱히 이렇다 할 이유는 없었지만 언제나 마음 한편에 막연하게 뉴욕에 대한 동경이 있었다. 어떻게 시작되었는지, 왜 시작되었는지는 알 수 없지만 뉴욕이라는 도시는 언제나 나에

내가 누구든, 어디에 있든

겐 꿈이었다. 뉴욕에서 크리스마스를 보내는 것이 어릴 적 나의 커다란 소망이었고, 그렇게 계속해서 바라다 보니 언젠가는 진짜 뉴욕에 가게 될 거라는 믿음이 생겨났다.

그 순간이 생각보다 빠르게 다가왔고, 지금 이 순간에 조금의 망설임도 없는 나 자신이 꽤나 낯설었다. 이토록 내가 대범한 적이 있었던가? 나는 아주 당연히다는 듯 떠날 준비를 했고 그것을 아주 자연스럽게 받아들였다.

처음으로 내가 원하는 것을 명확하게 그려내고 있다는 기분. 정확하게는 가슴 한쪽을 억누르고 있던 무언가로부터 풀려나는 해방감이었다.

자유분방한 삶을 원했지만 늘 결정적인 순간엔 정석적이게 되고 마는, 용기가 부족해서 늘 코앞에서 포기할 수밖에 없었던 사람. 뉴욕으로 떠나는 것은 여태까지의 나라는 사람과 내 삶을 송두리째 뒤흔드는 일이었다. 그동안의 나를 버리고 완벽하게 새로운 사람으로 삶을 살아가야 하는 모험이었다. 그리고 이제는 그 모험을 받아들일 준비가 되었다. 오랫동안 간직해온 꿈은 빛을 내며 이제 막 현실이 되어가고 있었다.

4
이제는 떠날 시간

여유 있게 공항에 도착해 수속을 밟고 게이트 앞에 가만히 앉았다.

도무지 실감이 나지 않았다.

진짜 내가 뉴욕에 가는 게 맞는지….

가족들에겐 배웅을 나오지 말라고 했다.

그냥 혼자 떠나는 것이 좋을 것 같았다.

그렇게 한국에서의 마지막 순간은

아주 조용하고 차분한 마음으로 정신을 가다듬었다.

이제는 진짜 떠날 시간.

여전히 이 믿기지 않는 현실 앞에 한 발 한 발 걸음을 옮겼다.

'안녕.'

그간의 모든 것들에게 이 짧은 인사를 내뱉고

나는 서둘러 비행기에 몸을 실었다.

뉴욕엔 도널드 트럼프, 우디 앨런,
마약중독자와 평범한 사람들이 있다.
그들은 모두
지하철의 같은 칸에 타고 있다.

— 에단 호크 (영화배우)

제2장

불안한
거주자

낯선 도시

1
드디어 여기, 뉴욕

뉴욕이다.

드디어 이곳에 왔다.

공항에 붙어 있는 표지판을 보고도 도무지 믿기지 않았는데

공항을 빠져나와 주욱 늘어선 노란 택시들을 보고 나서야

비로소 실감이 나기 시작했다.

맨해튼으로 들어가는 길은

빽빽이 늘어선 차들로 꽉 막혀버렸다.

택시 창문을 열었다.

줄지은 차들, 높은 빌딩, 그리고 아름다운 브리지.

와! 나도 모르게 탄성을 질렀다.

뉴욕 전체가 하나의 그림처럼 한눈에 들어왔다.

온몸에 짜릿한 전율이 일었다.

가슴이 미친 듯이 두근거렸다.

드디어,

마침내,

나는 뉴욕에 온 것이다.

2
홀로서기

새 학기가 시작되려면 한 달 정도가 남았다. 남은 시간 동안 이곳에 적응하기 위한 준비를 하기로 했다. 제일 먼저 한 달짜리 지하철 정기권을 구입했다. 100달러가 넘는 큰 금액이었지만 하루에도 몇 번씩 지하철을 이용해야 하니 정기권을 구입하는 게 가장 좋을 것 같았다.

그다음에는 통장을 만들기 위해 은행을 찾았다. 코리아타운과 가까운 지점이어서 그런지 한국인 직원이 상주하고 있었고, 어렵지 않게 계좌 하나를 만들 수 있었다. 계좌를 개설하고는 바로 한국에서 환전해 온 돈을 모두 집어넣었다. 많은 현금을 들고 다니며 불안해하지 않아도 되니 그제야 마음이 한결 가벼워졌다.

급한 것들을 해결했으니 이제 마음 놓고 뉴욕을 둘러보며 천천히 새 학기를 준비하면 되었다. 처음 뉴욕에 왔을 때는 열흘이라는 짧은 시간 동안 이곳의 단편적인 모습들만 보았다. 보통의 사람들이 '뉴욕' 하면 떠올릴 법한 그런 모습들, 딱 내가 상상했던 그런 뉴욕을 보았는데 이

내가 누구든, 어디에 있든

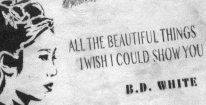

ALL THE BEAUTIFUL THINGS
I WISH I COULD SHOW YOU

B.D. WHITE

제 여행자가 아닌 거주자로 이곳에 머문다고 생각하니 뉴욕이 새롭게 느껴졌다.

낯선 도시에서의 새로운 생활은 기분 좋은 떨림을 가져다준다. 지하철을 탈 때나 슈퍼마켓에 갈 때도, 그냥 거리를 걸어 다녀도, 언제나 두근거림이 따라다닌다. 이 울렁임이 나쁘지만은 않다. 설렘과 불안, 호기심 등 온갖 감정들이 뒤섞여 한 번도 느껴보지 못한 새로운 감각을 만들어냈다.

한동안은 그저 들뜬 마음으로 이곳저곳을 둘러보았다. 낮에는 예쁜 카페에 들어가 커피를 마시고, 해가 질 무렵에는 맛있기로 소문난 레스토랑을 찾아가 저녁을 먹었다. 이국적인 풍경과 나와는 다른 피부색의 사람들, 다양한 언어, 이곳에 있는 모든 것들이 내가 지금 뉴욕에 있다는 사실을 자꾸만 일깨워주었다.

가끔은 잠을 자다가 문득문득 깼다. 그러고는 '와! 내가 여기 와 있네. 뉴욕에! 나는 지금 뉴욕에 와 있어! 내 꿈의 도시에 와 있잖아!' 하며 밤새도록 두근대는 심장 소리를 듣기도 했다.

첫 학기가 시작되었다. 긴장감 때문에 한숨도 못 잔 채 첫 수업에 들어갔다. 나는 너무 부담스럽지도, 너무 산만해지지도 않을 만한 중간 자리를 골라 앉았다. 곧이어 학생들이 속속 들어오기 시작했고 어느새 교실은 어수선한 공기로 가득 채워졌다.

첫 수업인 만큼 분위기는 자유로우면서도 느슨했다. 선생님은 계속 열심히 떠들기는 했지만 알파벳만 겨우 아는 수준으로는 어떤 말도 알

아들을 수 없었고, 당연히 한마디도 할 수 없었다.

이따금씩 선생님이나 학생들과 눈이 마주쳤는데 왠지 모를 어색함에 바로 고개를 돌려버리고 말았다. 어떻게 시간이 흘러갔는지도 모르게 첫날의 수업은 모두 끝이 났다. 가방을 챙겨 집으로 돌아오는 길은 어쩐지 심란했다.

역시 상상과 현실은 전혀 다르구나. 상상 속의 나는 언제나 외국인 친구들과 잘 어울려 웃고 떠들며 당당하게 학교생활을 했다. 결코 우물쭈물하고 소심한 나를 그려본 적이 없었다. 상상과 실제 사이에서 느끼는 괴리감은 엄청났다. 내가 '상상 속 나'의 반의반에도 미치지 못한다는 결론에 이르렀을 때, 예상치 못한 불안감이 밀려오기 시작했다.

'어쩌면 뉴욕 생활이 내가 생각한 것처럼 행복하지
않을지도 몰라.'

이런 생각을 하자 너무도 선명하게 날것의 감각이 느껴지기 시작했다. 내가 이상적으로 그려온 뉴욕의 모습이 아닌 실제로서의 뉴욕. 한쪽 면만을 바라보다 문득 그 반대쪽을 보게 되었을 때의 당혹감. 그 당혹감은 자신만만했던 내 마음을 조각조각 해체시켰다. 조각난 마음처럼 나의 모습도 뉴욕에는 섞이지 않는 이방인처럼 흐트러졌다.

세상에 변하지 않는 것은 없어.
모든 것은 변화하고
나 역시도 변해가.
너무 많은 계획을 세울 필요는 없어.
때로는 숨을 한번 크게 쉬고
나를 믿고 놓아주는 용기를 가져야 해.
알 수 없는 것에 대한 믿음.
불확실성.
두려워하지 마.
그냥 맡겨봐.
미래는 알 수 없어서 불안한 것이 아니라
알 수 없어서 설레는 거야.

3
즐겁지가 않아

학교생활에 대한 부담감 때문인지 아니면 아직은 생소한 도시에서의 생활 때문인지 나는 풀이 죽어 있었다. 그토록 오랜 시간 꿈꿔온 도시였지만 막상 한 달이 지나자 나의 열망은 충족되어 소멸했고, 현실에 대한 부담감이 그 자리를 메우게 되었다.

처음 뉴욕에 오기로 결정했을 때 이곳에서의 생활이 순탄하리라고만은 생각하지 않았다. 그래도 새롭게 뭔가에 도전한다는 것 자체가 나에게 큰 활력을 줄 거라 믿었다. 하지만 혼자서 무엇을 새롭게 시작한다는 것은 활력이라기보다는 고독이었다.

혼자가 익숙하지 않은 나에게 이 도시에서의 생활은 외로움 그 자체였고, 나는 이 깊은 외로움을 어떻게 해결해야 하는지 몰라 혼란스러웠다. 낯선 환경에 대한 공포는 더욱 심해졌고, 뭔가를 하겠다는 의욕이나 의지는 꺾여버렸다.

여기저기를 돌아다녀도 누군가와 함께 있어야 '예쁘다', '멋지다'는 이야기를 하고 즐거운 마음이 드는데, 그럴 수 없다는 사실이 무척이나 나를 외롭게 만들었다. 결국 함께할 사람이 없으면 아예 밖에 나가려 하지 않는 지경에 이르렀다.

특히나 혼자 식당에 가서 밥을 먹는 게 정말 싫었다. 처음에야 호기심으로 가득 차 음식이 나올 때까지 이리저리 둘러보고 신기해하며 시간을 때웠다고 하지만 이제는 주문을 하고 음식이 나오는 동안 뭘 해야 할지를 몰랐다. 그저 휴대폰을 만지작거리며 제발 음식이 빨리 나오기를 바라는 것밖에는 할 수 있는 게 없었다.

기다리던 음식이 나와도 문제였다. 음식을 먹으면서도 먹는 것에 집중을 할 수가 없었다. 오로지 먹는 것에만 집중하며 밥을 먹어본 적이 없기 때문이다. 처음으로 내가 '혼자 있는 것'에 전혀 면역이 되어 있지 않다는 것을 느꼈고, 면역은커녕 혼자 있는 걸 못 견디게 두려워한다는 것을 알게 되었다.

야외 테이블에서는 한 여자가 개를 데리고 와 음식을 시키고 홀로 디너를 즐기고 있었다. 아마도 개와 함께 산책을 나왔다가 배가 고파져 이곳에 왔으리라. 여자는 음식을 푸짐하게 시켜 천천히 음미했고, 분명 무척이나 즐거워 보였다. 반면 나는 밥을 먹으면서도 시선을 어디에 둬야 할지 몰라서 다시금 휴대폰을 꺼내 하릴없이 사진첩을 뒤적거리며 순식간에 음식을 먹어치웠다.

내가 누구든, 어디에 있든

계속되는 깊은 외로움은 우울한 기분으로 이어졌고 날마다 더욱 심해져만 갔다.

　경솔한 선택을 한 건 아닐까?
　현실과 너무 동떨어진 환상만을 좇은 것은 아닐까?

　생각보다 뉴욕 생활이 즐겁지가 않자 허탈감과 자괴감이 나를 괴롭히기 시작했다.

4
English, English!!

날이 갈수록 외국인들과 대화하는 게 두렵기만 하다. 소심한 성격이 아닌데도 누군가 영어로 말을 걸어오면 입이 덜덜 떨리고 손에 땀까지 날 정도로 긴장이 된다. 뉴욕에 온 뒤로는 거의 침묵을 지키는 편. 다른 누구와 눈이라도 마주치면 혹여나 말을 걸까 싶어 잽싸게 피하고 본다.

가장 두려운 순간은 뉴요커들이 "What?"이라고 되물을 때다. 괜찮다가도 이 'What'이라는 말만 나왔다 하면 자동으로 심장이 쿵쾅거린다. 눈을 가늘게 뜨고 약간 인상을 찌푸리며 되묻는 뉴요커들의 그 특유의 분위기에 얼어 그 뒤엔 말을 하지 않는다. 하지 않는다기보다는 할 수 없다는 표현이 맞겠지만.

잘 못 알아들었을 땐 되묻는 것이 당연한 일인데도 난 괜한 자격지심에 '내가 뭘 잘못했구나.'라는 멍청한 생각을 하고 만다. 이런 상황들을 반복적으로 겪다 보니 이제는 아예 입을 다물게 되었고, 영어를 할 의욕도 자신감도 모두 사라져버렸다.

내가 누구든, 어디에 있든

겁쟁이.
절망적이다.
영어 울렁증.
극복할 수 있을까?

5
"그러니까 쫄지 마!"

학교는 집에서 지하철과 도보로 30분쯤 걸리는 곳이었다. 맨해튼 중심부에 있어서 교통이 편리했고 무엇보다 학비가 굉장히 저렴한 데다 커리큘럼까지 마음에 들었다. 학교생활은 모든 것이 완벽했다. 내가 수업을 하나도 알아듣지 못한다는 것만 제외하면! 더군다나 한국인은 나혼자뿐이라 날 도와줄 수 있는 사람도 없었다.

　친구가 필요했다. 모든 게 낯설기만 한 나에겐, 의지할 수 있는 친구가 필요했다. 매일매일 교실에서 가만히 앉아 있는 것은 고역이었고, 특히쉬는 시간엔 거의 지옥 같았다. 한국처럼 와이파이가 빵빵하게 터지는 것도 아니고 터진다 해도 느려터진 인터넷으로는 뭘 찾아볼 수도, 재미난 기삿거리 하나 읽을 수도 없었다. 하루 종일 말 한마디 없이 가만히있는 건 보통 일이 아니었다.

　마음을 가다듬고 다시 수업에 집중하기 위해 선생님의 말에 귀 기울였지만 역시나 알아들을 수 없는 외침만 계속되었다. 웃어야 할 타이밍

내가 누구든, 어디에 있든

엔 왜 웃는지 모르는 채 따라 웃었고, 심각한 이야기를 할 때는 그저 표정으로 짐작하곤 애써 어색하게 진지한 표정을 지어 보일 뿐이었다. 하루 종일 학생들의 표정을 보며 따라 했고 모든 수업이 끝날 때쯤엔 피곤함이 몰려왔다. 내가 생각해도 내 모습이 우스웠다.

'말은 못 걸겠지만 친구는 사귀고 싶다'는 아이러니한 생각은 좀처럼 떠날 줄 몰랐다. 그렇게 이러지도 저러지도 못하는 사이에 나는 몇 번이나 과제를 엉뚱하게 해 갔고, 수업 진도도 잘 따라가지 못하게 되었다. 결국 이 답답함을 참을 수 없어 말문이 트이고야 말았다.

아침에 교실에 들어갈 때 "Hi." 하며 모두에게 인사를 건네기 시작했고, 얼마 뒤 인사가 익숙해지자 쉬는 시간에 학생들의 자리로 가서 숙제를 비롯해 간단한 것들을 물어보기 시작했다. 조금씩 친해지자 자신감이 붙었다.

문득 얼마 전에 친구가 들려준 이야기가 떠올랐다.

"야, 너는 미국인이 한국말로 서툴게 '아녕하쎄요'라고 인사하면 어때?"

"'신기하다, 한국 말 잘하네?'라고 생각하지."

"그치? 근데 왜 너는 'Hello'라고 얘기하면서 자신감이 없어? 니가 영어로 조금만 말해도 걔네들 입장에선 되게 잘한다고 생각할걸? 우리는 외국인이니까 못하는 게 당연해. 그러니까 쫄지 마!"

맞는 말이었다. 모국어가 아닌 언어에 서툰 건 당연한 일이었다. 그런데도 난 내가 하는 말이 문법에 맞는 말인지 아닌지를 신경 쓰며 틀리지 않으려고 애를 썼다. 그러니 긴장되고 걱정되어 울렁증이 생겨난 것이다.

Manhttan

NARAE KIM

Division of
Business

STUDENT

VALID THRU
1/26/2015

'어차피 이 친구들도 영어를 못해서 배우러 온 거야. 이 친구들은 틀려도 부끄러워하지 않고 말하고 있어.'

이런 생각을 하자 나도 용기가 생겼다. 얼마 지나지 않아 친한 친구들이 생겨났다. 쉬는 시간에는 말도 안 되는 콩글리시와 손짓, 발짓, 모든 제스처를 총동원해서 이야기를 하려고 노력했다. 내 영어가 서툴러도 실수해도 친구들은 지적하거나 재촉하지 않았다. 그저 다음 단어를 생각해낼 때까지 묵묵히 기다려주었다.

시간이 지날수록 영어에 대한 공포감은 줄어들었다. 영어에 대한 무조건적인 거부감과 긴장감, 그리고 '나는 영어를 못한다'는 강박 때문에 영어가 멀게만 느껴졌는데 이제는 서툴지만 마음 편히 말할 수 있게 되었다.

'내가 가장 영어를 못한다'는 생각은 순전히 나의 망상에 불과했다. 사실 뉴욕에 와서 영어를 처음 배우는 친구들도 많았다. 모든 일은 마음먹기에 달렸다고 했던가. 영어에 대한 시각이 조금 바뀌었을 뿐인데 말하는 것이 재미있어졌다. 덕분에 좋은 친구들을 많이 사귀었고, 학교 생활도 훨씬 수월해졌다.

조금씩 조금씩 뉴욕 생활이 재미있어지기 시작했다.

6

나의 빈 곳을 채우는 물건들

이곳에 익숙해질수록 필요한 것들이 참 많아진다. 처음 뉴욕에 도착했을 때만 해도 '여행자'에 걸맞게 몇 가지의 생활용품과 도구만으로 살겠다는 마음이었지만 현실은 마음과 달랐다. 사람이란 어디에 있건 어떤 환경이건 나름대로의 방식으로 빈 곳을 채우려 하는 것 같다.

첫 마음과는 다르게 시간이 지날수록 필요한 것이 많아졌고, 더 쾌적한 생활을 원하게 되었다. 그렇게 하나둘씩 모여든 물건들은 이제 나를 뉴욕의 진짜 '거주자'처럼 보이게 만들기에 충분했다.

가전제품 같이 값비싼 물건들은 한인 커뮤니티를 통해 중고로 구입할 수 있었는데, 처음 이 커뮤니티를 접했을 때는 그야말로 신세계를 알게 된 것 같았다. 중고 장터에는 없는 게 없었고, 아주 저렴한 가격으로 거래가 이루어졌다.

이것저것 살펴보다가 한 판매자에게 연락을 했고 가장 필요했던 전기밥솥은 10달러에, 작은 창문형 에어컨은 30달러에 흥정했다. 물건을 사

내가 누구든, 어디에 있든

러 찾아가니 판매자분은 이제 한국으로 돌아간다며 이것저것 물건들을 끄집어내고 있었다.

"필요한 게 있으면 마음대로 가져가도 돼요."

따뜻한 마음 덕분에 전기밥솥과 에어컨, 전자레인지, 선풍기, 토스터, 서랍장, 옷걸이 등등 이 모든 걸 단 40달러로 해결할 수 있었다. 감사하다는 인사를 전한 뒤, 물건을 하나하나 가지고 내려와 집으로 향했다.

창밖에는 벌써 어둑어둑 땅거미가 지고 있었다. 돌아가는 길이 어찌나 든든한지 마음까지 행복으로 꽉 채워졌다. 집에 도착해 물건들을 다시 하나하나 옮기고 세팅까지 다 마치고 나니 그제야 사람 사는 집처럼 아늑해졌다.

이제 따끈따끈한 밥을 지을 수 있고, 냉동식품도 마음껏 먹을 수 있어! 아침에 일어나면 토스트를 만들어 커피와 함께 먹어야지! 더울 땐 에어컨과 선풍기도 빵빵하게 틀어놓을 수 있다고!

고작 40달러어치였지만 이 물건들 덕분에 나는 그 후로 더 많은 것들을 할 수 있었다.

중고로 구매한 물건들 외의 간단한 용품들은 주로 동네 상점을 이용했다. 가끔 이것저것 구경하는 게 재미있어서 이유도 없이 집 앞의 '달러 스토어'를 찾곤 했다. 없는 게 없는 그야말로 만물상인데다 한국의 '다이소'를 연상시키는 저렴한 가격에 홀려 이곳에 오면 양손에 검은 비닐봉지를 가득 들고 나가기 마련이었다.

'뉴욕에 과연 이런 것들이 있을까?' 걱정하며 한국에서 꼼꼼히 챙겨

MOVING SALE!!!

온 것들은 이곳에도 모두 있었고, 결국 사람 사는 곳이라는 점에서는 서울이나 뉴욕이나 똑같았다. 하지만 내가 그 물건들을 끝까지 포기할 수 없었던 건 불안감에서 오는 집착이 아니었을까 생각한다. 사는 곳이 어디든 있으면 있는 대로, 또 없으면 없는 대로 적응하면서 살아가는 것인데 바득바득 자질구레한 것들을 다 챙겨온 걸 보면 그랬다.

새로운 삶을 시작하겠다는 거창한 명분을 내세웠지만, 사실은 변화하는 것이 두려워 변하지 않을 만한 구실을 찾고 있었다. 익숙한 물건들마저 내 곁에 없다면 나라는 사람의 존재가 무의미해질 것만 같았다. 그때는 나를 대변해줄 무언가가 필요했다.

그런데 막상 새로운 곳에서 또 다른 생활에 익숙해지니 그런 건 아무래도 상관없었다. 환경과 물건은 변하기 마련이다. 변하는 건 진짜 내 것이 아니다. 오로지 진짜 내 것이라고 할 수 있는 것만이 나를 대변해줄 수 있다.

결국 이곳에 와서 새로운 환경과 물건들로 다시 또 새로운 나를 만들고 채워나가게 될 것을, 왜 그렇게 버리지 못하고 놓지 못하고 이곳까지 꾸역꾸역 과거의 시체들을 끌고 왔는지 모를 일이다.

7
철저히 무모하게 지내고 싶다

청춘이 없다면 인생은 너무나 삭막할 게다.

터무니없는 용감함,

때 묻지 않은 엉뚱함,

비정상적일 만큼의 대범함.

젊다는 것은 그런 것 같다.

이룰 수 없는 꿈을 꾸고, 가슴 뛰는 것을 좇는 것.

어리석은 일에 도전하고, 바보 같은 일에 매달리는 것.

무엇이든 허용되는 아름다운 순간.

젊다는 것 자체가 빛이다.

청춘,

눈부시게 아름다운 빛.

나는 이 시간을 철저히 무모하게 지내고 싶다.

내가 누구든, 어디에 있든

8
뉴욕에서 친구가 되는 방법

뉴욕에는 길거리 음식이 다양하다. 그중에서도 나는 '치킨오버라이스'를 좋아한다. 우리 집 바로 앞에도 치킨오버라이스를 파는 트럭이 있다. 철판에 치킨을 달달 볶아 일회용 그릇에 밥과 야채와 함께 담아주는데 가격은 5달러 정도로 저렴하고 양도 아주 많다.

일주일에 2~3번은 먹을 정도로 자주 가는데, 어느 날 마찬가지로 트럭에 가서 주문을 하고 기다리다가 돈을 가지고 나오지 않은 것을 깨달았다. 나는 우물쭈물하며 아저씨에게 돈이 없다고 이야기했다.

"It's OK, no problem. Just bring it next time."
(괜찮아. 그냥 다음에 줘.)

엥? 잠시 동안 난 아저씨의 말을 잘못 들었다고 생각했다. 뉴욕에 온 뒤로 이런 호의는 처음이었기 때문이다. 한국에서야 인심 좋은 아주머

56 　　　내가 누구든, 어디에 있든

CHICKEN OVER RICE

I LOVE It.   Just $5.00

니들께 사정 이야기를 하면 외상으로도 음식을 먹을 수 있지만 여기는 말 그대로 뉴욕이다. 누가 이 전쟁터 같은 도시에서 외상으로 음식을 준단 말인가! 빡빡한 뉴요커들 사이에서 잔뜩 움츠러들어 있던 차에 생각지도 못한 친절을 마주하니 감동이 밀려왔다.

'외상' 치킨오버라이스를 건네받으며 연신 땡큐, 땡큐를 외치고 후다닥 집으로 들어왔다. 얼른 돈을 챙겨 다시 후다닥 뛰어나갔다. 아저씨는 다시 나를 보고는 놀라서 웃으며 말했다.

"지금 이 돈 주러 다시 나온 거야? 다음에 줘도 된다니까!"

나는 다시 고맙다는 말을 전한 뒤 집으로 향했다. 타지 생활을 하며 항상 이방인 같은 느낌을 받곤 했는데 너무나 오랜만에 받아보는 호의에 마음이 참 포근해졌다. 집으로 돌아와 먹는 치킨오버라이스 맛은 단연 최고였다.

아저씨와 나.
어쩐지 좋은 친구가 될 수 있을 것 같아.

내가 누구든, 어디에 있든

9
노력은 배신하지 않아

·

일상에 어느 정도 적응해갈 때쯤이었다. 학교 공부는 점점 난이도가 높아졌고 '미국 문학' 수업이 새롭게 시작되었다. 문학? 게다가 미국 문학? 말만 들어도 머리가 쬐어왔다. 아직 기본적인 의사소통도 잘 안 되는데 미국 문학이라니….

걱정스러운 마음으로 첫 수업에 들어갔다. 과장이 아니라 정말 아무것도 알아들을 수 없었다. 온통 처음 보는 어려운 단어들과 비유적인 문장, 시적인 표현들. 일상적으로 잘 쓰지 않는 표현들이라 더더욱 이해할 수 없었다.

수업은 거의 토론 형식으로 진행되었는데, 그저 선생님이 나에게 질문을 하지 않기만을 간절히 바랐다. 하지만 어김없이 나에게도 질문이 떨어졌고, 음, 어… 얼마쯤 우물쭈물하다가 모르겠다고 솔직하게 이야기했다. 대답을 마치자마자 선생님은 무차별적으로 나를 공격하기 시작했다.

"넌 이 수업에 들어올 자격이 없어. 모르면 미리 공부를 하고 오는 게 학생의 예의야. 도대체 무슨 생각으로 이 수업에 들어온 거지?"

엄청난 당혹감이 들었고 화인지 민망함인지 모를 감정으로 얼굴이 빨갛게 달아올랐다. 나는 모든 학생들의 주목을 받은 채 그저 고개를 숙이고 있을 뿐이었다.

너무나 부끄러웠다. 숨고 싶었고 울고 싶었다. 금방이라도 눈물이 떨어질 것 같았지만 여기서 눈물을 보이면 더 우스운 꼴이 될 것 같아 겨우겨우 참아내었다.

그 날 수업이 어떻게 끝났는지도 모를 정도로 정신이 나가 있었고 집으로 돌아오는 내내, 집에 돌아와서도 그 장면이 계속 떠올랐다.

그 많은 사람들 앞에서 그렇게 망신을 주다니… 꼭 그렇게 할 필요가 있었을까? 선생님에 대한 원망이 커졌다. 다시는 그 수업에 나가고 싶지 않았다.

나에게는 선택의 자유가 있다. 수업을 바꾸면 그만이고 그러면 다시는 그 선생님의 얼굴을 보지 않을 수 있다. 더 이상 오늘의 이 수치스러운 상황에 시달리지 않아도 되고, 다른 수업으로 바꿔 적당히 출석하면 괜찮은 성적을 받을 수 있을 것이다.

'내일 학교에 가서 당장 수업을 바꾸자!'

꽤 괜찮은 해결책이라 스스로를 위로하며 약간의 안정을 되찾았지만 그것도 잠시뿐. 다른 생각으로 아까 일을 잊으려고 할수록 계속 그 장면이 머릿속을 맴돌고 가슴이 답답해졌다.

내가 누구든, 어디에 있든

그러다 문득 '또 도망가는 거야?'라는 생각이 들면서 움찔한 기분을 느꼈다. 새로운 사람이 되기로 마음먹어 놓고 나는 또다시 예전처럼 쉽게 이 상황에서 도망가려고 하고 있었다.

나는 스스로를 속이고 도망갈 수 있다. 하지만 그렇게 하면 내가 이곳에서 힘든 시간을 보내며 스스로를 돌아보고 반성하고 결심한 것들은 물거품이 될 거고 뉴욕에서의 모든 것이 무의미해진다. 스스로에게 부끄럽지 않은 사람이 되고 싶었다.

'난 이 수업을 계속 들을 거고 어떤 망신을 당하더라도 꿋꿋이 수업에 나갈 거야.'

이상하게도 오히려 힘이 났다. 노트와 펜을 꺼내 이제부터 내가 해야 할 일들을 정리하기 시작했다.

1. 다음 시간 예습하기
2. 예상 질문지 만들기
3. 문학 작품 분석표 만들기

이렇게 세 가지를 정하고 바로 공부에 들어갔다. 짧은 글인데도 이해하는 데는 꼬박 하루가 걸렸다. 줄거리, 등장인물, 배경, 주제 등 모든 것을 분석해서 정리했다. 내 생애 가장 열심히 공부한 순간이었다.

다음 시간에는 학생 수가 반으로 줄었다. 아마 나의 망신스런 모습이 크게 한몫 했으리라. 선생님의 불같은 호통에 내가 무차별적으로 당하는 모습을 본 겁먹은 학생들이 모두 수업을 바꿔버린 것이다. 당사자인 나는 당연히 수업을 바꾸었겠거니 했던 학생들은 내가 교실로 들어오는 모습을 보고 흠칫 놀라는 눈치였다.

아니나 다를까 선생님은 나에게 첫 번째 질문을 던졌고 나는 그간 달달 외워 공부했던 것들을 줄줄 말하기 시작했다. 내가 모든 질문에 대답하자 선생님은 달라진 내 모습에 놀란 표정을 보였다. 속으로 환호성을 질렀고 엄청난 성취감이 밀려왔다. 수업에 자신감이 붙었고 문학 공부에 속도가 붙었다.

문학 수업은 오전 9시 첫 수업이었기 때문에 지각생이 많았고, 선생님은 그런 학생들에게 한결같이 호통을 쳤다. 학생 수는 날로 줄어들 수밖에. 그러다 보니 예전보다 질문을 받는 일이 잦아졌고 수업의 집중도도 높아졌다.

학기가 끝날 때쯤 난 문학 교재에 실린 모든 작품의 분석표를 갖게 되었다. 전화위복이었는지 선생님과는 오히려 클래스에서 가장 친한 사이가 되었다. 불같은 선생님이긴 했지만 칭찬에는 인색하지 않아서 잘하는 점에 대해서는 늘 크게 칭찬해주었다.

결국 학기 말 시험에서 만점을 받았다. 나에겐 기적이나 다름없는 일이었기 때문에 점수를 받아들자 그간의 고생과 설움, 뿌듯함, 그 모든 것들이 뒤섞여 눈물이 하염없이 쏟아졌다. 게다가 이 수업 덕분에 나는 다음 학기에 반액 장학금을 받을 수 있게 되었다.

지옥 같았던 학기가 끝난 뒤 내 영어 실력은 월등히 좋아졌고, 포기

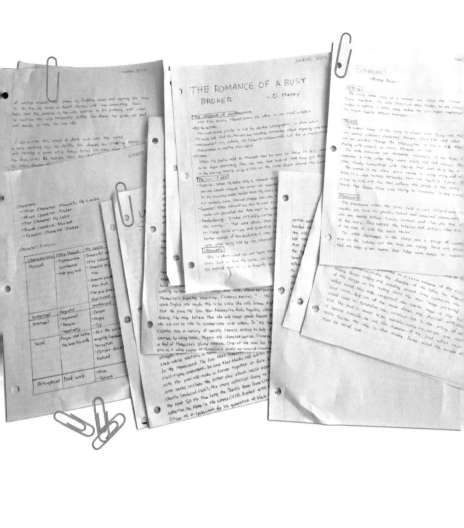

하지 않는 법도 배우게 되었다. 이렇게 예전의 습관 고리를 하나 더 끊어냈다.

시간이 흘러 아주 오랜만에 학교 앞에서 우연히 그 선생님을 다시 만났다. 반갑게 인사를 하고 안부를 주고받은 뒤 선생님은 옆에 있던 일행에게 날 이렇게 소개했다.

"She was my best student."
(내 최고의 제자야.)

내가 누구든, 어디에 있든

10
떠나면 알게 되는 것

나는 나를 잘 안다고 생각했지만, 사실은 전혀 모르고 있었다.

'나는 이런 사람이야,
 너는 저런 사람이야.'

단순히 나와 타인을 구분 짓기 위해 지어 올린 벽,
스스로가 규정한 한계.
사실 난 이런 사람이 아니었고,
저런 사람도 아니었다.
이런저런 모든 것을 다 포함하는 것이 나이기도 했고,
동시에 또 내가 아니기도 했다.
보여지는 모습은 나의 일부분에 불과할 뿐,
그것만으로 나를 대변할 수는 없었다.

사회가 만들어놓은 틀에 갇혀

언제부턴가 돈과 명예를 생각하게 되었고,

시간이 흐르면 흔적도 없이 사라질 초라한 문제들로

내 인생을 낭비하고 있었다.

나를 나이게 하는 것은 그런 겉치레가 아니란 것을,

사소한 감정싸움에 휘둘리기보다는

좀 더 멀리 보고 더 큰 그림을 그려야 한다는 것을,

멀리 떠나고 나서야 비로소 나를 명확하게 볼 수 있었다.

그동안 얼마나 허황되고 무의미한 관념들로 나를 옭아맸으며,

하찮은 문제들로 나를 괴롭혀왔는가.

작디작은 우물 안에서 보이는 것만이 전부라 여겼던 시간들.

나는 너무나 작고 서툰 사람이었다.

11
뉴요커는 뉴욕을 걷는다

뉴요커는 뉴욕을 걷는다. 제멋대로.

사람들의 걷는 태도를 보면 뉴요커와 관광객을 구분할 수 있다. 뉴요커들은 오로지 자기 길만을 간다. 신호 무시, 표지판 무시. 오직 자기 길을 걸어간다.

뉴요커들은 특별한 목적이 있어서 걷는 게 아니고 걷는 것 자체가 목적이다. '걷기'는 뉴욕 라이프에서 중요한 비중을 차지한다. 어디에서든 걷거나 러닝을 하는 뉴요커들을 쉽게 마주칠 수 있다.

한번은 타임스스퀘어에 놀러갔다가 그곳에서 러닝을 하고 있는 뉴요커를 보고는 충격을 받은 적이 있다. 우리나라로 치면 명동 한복판에서 러닝을 한다는 이야기인데, 그것만으로도 충분히 놀라운 장면이겠지만 심지어 여긴 명동도 아닌 뉴욕의 '타임스스퀘어'다. 전 세계 사람들이 가장 많이 몰린다는 그곳 말이다.

이쯤 되니 뉴요커들의 '걷기'와 '뛰기' 사랑이 얼마나 대단한지 알 수 있었는데, 그 대단한 애정의 이유가 궁금해졌다. 그래서 나는 뉴요커들처럼 뉴욕을 최대한 많이 걸어보기로 했다.

뉴요커들이 보았을 풍경을 똑같이 보며 걷기 시작했다. 걷고 또 걸었다. 뉴요커들처럼 걷다 보니 어느 나라의 사람, 어떤 일을 하는 사람, 누구의 친구라는 한정된 틀에 구속되어 있는 '김나래'가 아닌, 그저 발길 가는 대로 걸어가는 자유로운 존재로서의 나를 생각하게 되었다.

어쩌면 뉴요커들이 그토록 개인적일 수 있는 이유는 바로 '나'라는 존재에 대한 확신과 자유로움 때문일지 모르겠다는 생각이 문득 들었다.

혼자라는 게 두려워 아무것도 할 수 없었던 나와는 너무나 상반된 사람들. 혼자 걷고 스스럼없이 혼자 밥을 먹고 또 스스로에 대해 생각할 여유를 내어주는 사람들. 이런 시간을 통해서 자기 자신을 탐구하게 되

고 그 시간들이 고스란히 스스로에 대한 자신감과 여유, 삶에 대한 열정으로 이어지는 것이 아닐까.

　이것은 나에게는 매우 중요한 깨달음이었다. 생각이 전환된 후에는 더 이상 혼자 있는 것이 두렵지 않았다. 오히려 혼자 있는 시간을 감사히 여기며 즐기게 되었고 그 시간에 최대한 나에게 집중하는 법을 익히게 되었다.

나는 뉴욕을 걷는다.
제멋대로.

12
보통의 어른이
되어간다는 것

이곳의 하늘은 참 파랗기도 하다.
예뻐서 자꾸만 고개를 하늘로 치켜든다.
덕분에 그간 잊고 있던 하늘을 관찰하게 된다.

구름은 어떻게 움직이는지,

색깔은 어떻게 퍼져나가는지,

또 노을이 질 때는 얼마나 환상적인지.

나는 언제부터 하늘을 보지 않고 살게 된 걸까.

언제부턴가 계절이 바뀌는 것도 알아채지 못하고

세상과 나를 돌아보지 않게 되었다.

어릴 적 밤하늘의 별을 가슴 뛰게 바라보던 마음,

하늘에 떠다니는 구름을 보며 꿈과 상상의 나래를 펼치던 순수한 시선,

날아다니는 잠자리를 보고 신이 나서 펄쩍펄쩍 뛰던 순박한 감성.

언제나 생동감 넘치던 나의 일상은

어른이 되어가며 생기를 잃어가고 있었다.

온갖 아름다운 것들에 둘러싸여서도

고민거리만 잔뜩 짊어지려 하는 어리석음.

보통의 어른이 되어간다는 건 그런 것일까.

어쩌면 어른은 아이보다 세상을 잘 모를지도 몰라.

13
나는 당신을 모르고
당신 또한 나를 모르고

파티에 초대를 받았다. 외국에서 가장 해보고 싶은 것이 있었는데 바로 파티에 가는 일이었다. 파티 문화가 생소한 나에게 친구들을 집으로 초대해 파티를 즐기는 일은 굉장히 근사하게 느껴졌다. '언젠가는 꼭 나도 외국 친구들과 어울려 파티를 즐겨보리라!' 생각해왔는데 드디어 처음으로 파티에 초대를 받은 것이다.

'첫 경험'이라서 생기는 호기심은 실로 굉장했다. 그래서였는지 나는 자꾸만 발을 재촉해 걸었고, 친구의 집에 도착해보니 아직 손님은 나뿐이었다. 친구를 도와 음식을 준비하는 사이에 손님들이 하나둘 모이기 시작했고 어느새 집은 사람들로 북적였다.

낯선 곳, 낯선 사람들 속에 왠지 멋쩍은 웃음으로 서성이던 나. 설렘과 긴장, 그 사이의 오묘한 줄다리기. 사람들이 새로 올 때마다 한 명씩 인사를 나누고 함께 술도 홀짝이다 보니 어느새 볼이 발그레 달아올랐다.

온통 낯선 사람들 사이에 섞여 있다는 어색함도 잠시, 별것 아닌 것에

도 박장대소하며 깔깔거렸고 우리는 이곳의 파티에 흠뻑 취했다. 그 순간 모두가 친구였고 국적이 어디건, 몇 살이건, 어떻게 살아왔건 중요하지 않았다. 지금 여기에 존재하고 함께 있다는 것, 서로에게 미소를 보내고 있다는 것만으로 충분했다.

나는 당신을 모르고 당신 또한 나를 모른다는 것. 그것이 이토록 매력적일 수 있다니. 모른다는 데서 오는 호기심과 신비로움은 서로가 서로에게 집중할 수 있게 만들어주는 최고의 자극제였다. 우리는 오로지 새로움에 대한 관심과 궁금증만으로 서로를 있는 그대로 받아들일 수 있었다. 익숙함이 불러일으키는 지루함 따위는 없었다.

사실 난 사람들이 뭐라고 말하는지 잘 알아들을 수 없었다. 내 영어 실력이 짧은 탓도 있었겠지만 사람들 모두가 미국인은 아니었기 때문에 다들 영어를 잘하지는 않았다. 그럼에도 불구하고 서로가 서로에게 하고 싶은 이야기를 주저리주저리 늘어놓았고, 모두가 함께 웃었고 함께 공감했다. 언어가 통하지 않아도 서로를 알 수 있었다.

문득 내가 새로운 사람을 이렇게 자연스럽게 만난 적이 없다는 사실이 떠올랐다. 그동안 나는 아는 사람, 즉 나의 '무리'라고 받아들여지는 사람만을 자연스레 만나왔다. 보이지 않는 선을 그어 선 안에 들어와 있는 사람만을 인정하고, 모르는 사람은 경계하는 편협한 방식으로 사람들을 대하고 있었다는 사실이 부끄러워졌다. 나는 새로운 사람을 만나고 대하는 방법을 이곳에서 다시 배웠다.

떠나거나 다가옴에 지나치게 연연해하지 않을 것.
지나친 애착으로 서로를 옭아매지 않을 것.
서로가 서로에게 자유를 줄 것.

그런 것들을 배웠다.

내가 누구든, 어디에 있든

14
크리스마스 in 뉴욕

처음 뉴욕을 동경했던 건 바로 크리스마스 때문이었다. 밤거리를 가득 메운 찬란한 불빛, 하늘에 울려 퍼지는 캐럴, 연인들의 사랑스런 웃음소리. 크리스마스 하나만으로도 뉴욕을 꿈꾸기엔 충분했고, 내 머릿속의 연상 회로가 '크리스마스는 뉴욕, 뉴욕은 곧 크리스마스'라는 법칙을 만들어내기에 이르렀다. 뉴욕에서 크리스마스를 보내는 것은 언제나 내 버킷리스트 1순위였다. 상상 속에서만 존재하던 일이 이제 곧 실제로 일어나게 될 거란 생각은 나를 흥분 상태로 이끌었다.

마침내 운명의 그날이 왔다. 어떤 거창한 걸 하기보다는 그저 평범한 여행자의 마음으로 돌아가 뉴욕의 크리스마스를 즐기리라 마음먹고 늦은 오후 록펠러센터를 찾았다. 오직 오늘을 즐기기 위해 수많은 인파가 몰려들었다. 이들 모두가 나와 같은 동경과 열망을 가지고 이곳에 왔을 거라 생각하니 짜릿해졌다.

대형 트리 앞에서 오늘을 기념하는 사진을 찍고, 인파를 타고 주변을

배회했다. 사람들은 모두 행복해 보였다. 여자는 남자에게, 아빠는 딸에게, 아이는 할머니에게 다정한 미소를 보내고 있었다. 모두가 어린아이처럼 들뜬 모습으로 끊임없이 사랑스런 말과 웃음을 뱉어냈다. 나는 행복이 충만한 이 에너지에 한껏 휩쓸려, 걷는다기보다는 붕 떠 있는 기분으로 부유했고 어느덧 사방의 햇빛은 조금씩 사그라들었다.

내가 누구든, 어디에 있든

깜깜한 밤이 되자 휘황찬란한 색색의 불빛들이 도시를 점령했고 뉴욕은 낮보다 훨씬 웅장하고 화려하게 변했다. 눈을 뗄 수 없을 만큼 조명들이 예쁘게 빛났다. 어느새 광장의 아이스링크에도 조명이 들어와 내가 상상했던 완벽한 뉴욕의 크리스마스 장면을 연출해내고 있었다.

잠시 후 1년에 한 번뿐인 크리스마스 라이트 쇼가 시작되었고, 건물의 한쪽 면 전체를 스크린으로 삼아 비춰지는 영상은 그야말로 환상적이고 또 환상적이었다. 모든 사람들은 일제히 감탄사를 연발했고 소리를 지르고 박수를 쳤다. 우리 모두는 영상이 끝날 때까지 환호성을 지르며 이 축제의 날을 즐겼다.

늦은 시간까지 록펠러센터의 열기는 식을 줄 몰랐다. 나는 여전히 들뜬 마음으로 아쉽게 발걸음을 돌려야 했다. 집으로 가는 길에 문득 크리스마스카드를 몇 장 사야겠다는 생각이 들었다. 한국으로 보낼 카드를 고른 뒤 집으로 돌아와 오늘의 이 행복하고 기쁜 마음을 가득 담아써 내려가기 시작했다.

내 소중한 사람들에게 진심을 담아 꾹꾹 눌러쓰는 마음.

미사여구 없이도 가득 차는 꾸밈없는 애정.

그곳도 아름다운 크리스마스기를 바라며….

Merry Christmas!

15
마릴린 먼로의 기억

내가 기억하는 뉴욕의 첫 번째 이미지는 마릴린 먼로다.
그녀의 새하얀 치마가 통풍구 바람에 날리는 장면.
그 장면은 나의 머릿속에 꽤나 오래도록 남아 있었다.

뉴욕 거리의 맨홀에서 뿜어져 나오는 수증기를 처음 보고는
벅찬 아름다움에 가슴이 울렁거렸다.

거대한 빌딩숲.
끝없이 펼쳐지는 스카이라인.
낯선 거리 속에서 피어나는 새하얀 입김.
영화 속에서 툭 튀어나온 것 같은 비현실적인 광경.

내가 누구든, 어디에 있든

아름다웠다.

나는 한참 동안이나 우두커니 바라볼 수밖에 없었다.

16
겨울에 따뜻한 곳에서
휴가 보내기

#1

뼛속까지 시린 칼바람이 불어오는 뉴욕의 겨울. 한국에서도 지독한 겨울을 났는데 뭐 여기라고 별 것 있겠냐고 대수롭지 않게 생각했지만 뉴욕의 겨울은 그 위력이 대단했다. 바람이 특히 거칠고 매서워 맨해튼의 빌딩 사이를 지나갈 때면 나도 모르게 비명을 꽥꽥 지를 정도였다.

결국 나는 바람을 차단해줄 발목까지 오는 긴 패딩 코트를 구입했고, 외출 시엔 귀마개까지 착용하고 완전무장을 해야 했다. 하지만 아무리 단단히 준비를 해도 얼음 같은 칼바람으로부터 얼굴까지는 지켜내지 못했고, 겨울 내내 콧물을 달고 살아야만 했다. 얼굴이 꽁꽁 얼어 콧물이 흘러도 알아차릴 수 없었고 언제나 거울을 본 뒤에나 때늦게 뒤처리를 할 수 있었다.

이렇게 뉴욕의 겨울을 지독히 겪고 있자니 따뜻한 곳으로 떠나고 싶다는 생각이 간절해졌다. 결국엔 짧은 겨울방학을 틈타 친구와 함께 여

내가 누구든, 어디에 있든

행 사이트를 뒤지며 계획을 세우게 되었다.

그리 멀지 않은 곳에 따뜻한 플로리다 주가 있었고, 우리는 가격대를 고려하여 3박 4일 일정으로 '올랜도'라는 도시로 떠나기로 결정했다. 올랜도의 디즈니월드는 한 번은 꼭 가봐야 한다는 친구들의 강력한 추천도 있었기 때문에 묻지도 따지지도 않고 항공권과 숙박권까지 일사천리로 예약을 마쳤다.

여행 가방에 그나마 가지고 있던 반팔 티 몇 개와 혹시 몰라 챙겨온 수영복을 집어넣고 세면도구와 수건, 화장품 등등도 챙겼다. 이렇게 추운 한겨울에 여름옷을 끄집어내고, 이제 곧 따뜻한 햇빛을 마주한 채 물속으로 첨벙 뛰어들 생각을 하니 조금 어색하긴 해도 믿기지 않을 만큼 좋았다. 하지만 이곳에서의 첫 여행을 멋지게 장식하고야 말겠다는 대단한 사명감 같은 것이 생겨났다. 이것이 나에겐 약간의 부담이 되어 완벽한 일정을 세우고자 하는 강박증을 만들었다.

드디어 기다리고 기다리던 첫 번째 여행의 아침이 밝았다. 새벽같이 일어나 대충 세수만 하고 전날 미리 예약해둔 택시를 타고 친구와 함께 JFK 공항으로 향했다. 만반의 준비를 하고 예정보다 훨씬 일찍 도착해 체크인까지 모두 마치고 나니 그제야 긴장이 탁 풀리며 허기를 느꼈다.

우리는 카페에서 간단히 샌드위치와 음료를 주문해 먹기 시작했다. 이번 여행에 대한 기대감에 시간 가는 줄 모르고 수다를 떨면서 말이다. 음식을 다 먹은 뒤에도 한참을 즐겁게 이야기하다가 문득 휴대폰을 집어 들었는데 오 마이 갓!!!!! 세상에!!! 시간이 너무나 많이 흘러가 있었다. 탑승 시간은 이미 훨씬 지나버렸고 거의 출발 시간에 가까웠던 것이다.

나는 너무 놀라 말도 제대로 잇지 못한 채 친구에게 휴대폰을 보여주었다. 깜짝 놀란 친구가 탑승구 쪽으로 달려갔을 땐 출발 시간 약 5분 전. 게이트는 이미 굳게 닫혀 있었다. 들어가게 해달라고 요청했지만 승무원은 이미 탑승을 마감했다며 거절했다.

나는 갑자기 정신이 아득해지면서 마치 세상이 무너진 듯한 기분이 들었다. 지금 이게 무슨 상황인 건지, 어찌해야 하는지 나리가 후들거렸다. 이내 움직이지 못하고 공항 한복판에 쓰러지듯 주저앉아 버렸고, 눈물이 쉴 새 없이 흐르기 시작했다. 처음 겪어보는 상황과 전혀 예상치 못한 시나리오에 충격을 받아 패닉에 빠진 것이다.

그때 내 머릿속엔 모든 것을 망쳐버렸다는 생각과 그저 들떠서 시간도 제대로 체크하지 못했다는 자책감만 가득했다. 나는 엉엉 울며 "이제 어떡해… 우리 여행은 끝이야…! 모든 게 다 날아가 버렸어!"라고 알아듣지 못할 정도의 흥분된 목소리로 소리쳤다. 친구는 그런 나를 조근조근 진정시키며 분명히 방법이 있을 거라고 다독였다.

마음이 조금 누그러진 뒤 천천히 일어나 친구와 함께 탑승구로 걸어갔다. 탑승구에는 우리 같은 처지의 사람들이 꽤 모여 있었다. 모두들 게이트를 일찍 닫아서 탑승하지 못한 거라며 항의하고 있었다. 나는 같은 처지의 사람들에게 동질감을 느끼며 이성을 되찾았다.

늦게 온 탑승객들까지 모두 태우려고 하는 보통의 항공사의 방침을 생

내가 누구든, 어디에 있든

각해봤을 때, 이 많은 사람들의 탑승을 거절한 이유가 무엇인지 도통 알수 없었다. 우리는 이 항공사의 후속 조치를 알고 나서야 이해할 수 있었다. 똑같은 루트의 올랜도행 비행 편이 바로 한 시간 뒤에 있었고 항공사측은 우리 모두를 그 비행 편에 재예약해준 것이다. 그제야 모여 있던 사람들 모두 안심하며 서로를 보고 겸연쩍은 표정으로 웃었다.

2

비행기에 올라타자 아까의 소란으로 피곤함이 몰려왔는지 금세 잠에빠져들었다. 눈을 떴을 때는 어느새 도착 안내 방송이 나오고 있었다. 창밖을 바라보자 뉴욕과는 전혀 다른 전원 풍경이 우리를 맞아주었다.

도착 후엔 모든 일이 순조롭게 흘러갔다. 미리 예약해둔 픽업 차량을타고 리조트로 간 뒤 바로 체크인을 했다. 리조트에는 너무나 아름다운야외 풀장이 있었다. 서둘러 방에 짐을 풀고는 제일 먼저 풀장으로 뛰어들었다. 사람이 두어 명 정도밖에 없어서 내 세상인 양 물을 튀기며수영을 했다.

한바탕 신나게 물놀이를 한 뒤에는 한동안 선베드에 가만히 누워 있었다. 몇 시간 전만 해도 뉴욕의 한파 속에서 부르르 몸을 떨었는데 지금은 이렇게 정반대인 날씨 아래 물장구를 치고 있다니!

갑자기 조금 전 JFK 공항에서의 한바탕 소동이 떠올랐다. 다시 생각해도 정말 아찔한 순간이었는지 손에 땀이 다 났다. 지금 올랜도에 무사히 도착했다는 것을 상기하자 마음은 이내 평온해졌고 아까 일은 마치

꿈을 꾼 듯이 까마득하게 느껴졌다.

그렇게 햇볕을 쬐며 눈을 감고 모처럼 여유로운 시간을 누리다 보니 슬슬 배가 고프기 시작했다. 우리는 나른해진 몸을 일으켜 세우고 시내로 향하는 셔틀버스에 올라탔다. 디즈니의 도시답게 시내는 '다운타운 디즈니'라는 이름으로 불렸다.

저녁을 먹기 위해 '플래닛 할리우드'라는 유명한 레스토랑을 찾았다. 이름처럼 파란 행성 모양의 돔 안에 차려놓은 레스토랑이었다. 내부는 유명한 영화에 등장했던 소품들을 활용해 꾸며놓았다. 곳곳엔 스파이 더맨이 날아다니고 천장엔 자동차가 대롱대롱 매달려 있었다.

유명세에 걸맞게 기다리는 줄이 어마어마하게 늘어서 있었다. 평소의 나라면 절대 기다리지 않았을 테지만 '여행자'였던 나는 꼭 그곳에서 저녁을 먹고 싶었다. 드디어 자리가 나고 우리는 대형 스크린이 잘 보이는 2층 테이블에 자리를 잡았다.

스테이크와 생선 요리를 시켜 즐거운 저녁 시간을 보내고 있는데 마침 스크린에서 싸이의 '강남 스타일'이 흘러나왔다. 갑자기 식사 중이던 사람들 모두가 일어나 함께 춤을 추기 시작했다. 뉴욕에서는 수도 없이 이 노래를 들어보았지만 미국의 또 다른 도시에서도 이 노래를 좋아한다는 것을 알게 되니 왠지 반갑고 뿌듯한 마음이 들었다.

날이 저물고 밤이 되자 거리에는 조명이 하나둘 들어오기 시작했다. 우리는 다운타운의 밤거리를 거닐며 광장에서 울려 퍼지는 연주를 감상했다. 아무것 하지 않아도 색다른 분위기에, 밤거리 조명에 취해 즐거웠다. 리조트로 돌아와서는 여행 첫날의 피곤함과 긴장감이 몰려왔는지 곧바로 곯아떨어졌다.

#3

둘째 날, 내 생애 처음으로 디즈니월드에 간다는 생각에 마음이 두근거렸고, 곧이어 그렇게 기대하던 디즈니월드의 '매직킹덤'에 도착했다.

어린 시절 디즈니 만화를 보며 누구나 마법의 세계를 꿈꾸었을 것이다. 특히 여자아이들에겐 공주가 되고 싶은 소망을 심어주었을 그런 세계. 어릴 적에 내가 꿈꾸던 것과 꼭 같은 세계가 실제로 여기에 펼쳐져 있었다. 만화 속에서만 보던 신데렐라 성을 실제로 보고 나니 흥분된 마음을 감출 수 없었다. TV로만 보아왔던 모든 것들이 여기 다 실제로 존재했다. 이제 7살 공주님이 되어 이 세계에 흠뻑 빠지기만 하면 되었다.

아침부터 부지런히 구석구석을 돌아다녔지만 워낙 방대했기 때문에 전체를 다 둘러볼 수는 없었고, 가장 재미있을 것 같은 놀이 기구와 볼거리를 골라내야 했다. 1월이었지만 올랜도는 무척이나 더웠다. 틈틈이 물과 간식으로 체력을 보충해가며 동화 속 세상에 푹 빠져 있다 보니 어느새 노을이 졌다.

9시가 되자 하이라이트인 불꽃놀이가 시작되었고, 까만 밤하늘에는 오색찬란한 불빛들이 환상적으로 퍼져나갔다. 불꽃놀이를 끝으로 우리는 다시 리조트로 돌아왔다. 디즈니월드에서의 여운이 쉽사리 가시지 않아 흥분되는 마음으로 잠을 청했다.

　다음 날, 아침 일찍 워터파크에 가야 했기 때문에 7시에 알람을 맞춰 놓았지만 웬일인지 알람 소리를 들었음에도 몸이 움직이질 않았다. 전날에 갑작스레 체력을 많이 소모한 탓인지 몸이 천근만근으로 무거워 눈을 뜨기조차 벅찼고 도저히 일어날 수가 없었다. 태어나서 처음으로 겪어보는 극한 피로감에 몸이 내 마음대로 움직여지지 않는다는 게 어떤 느낌인지를 제대로 알게 되었다.

사실 이런 피곤함까지는 내 여행 계획에 들어 있지 않았다. 완벽한 여행을 만들겠다는 과한 욕심이 빡빡한 일정을 낳게 되었고 그로 인한 부작용이 이틀 만에 터져 나온 것이다.

어쩔 수 없이 얼마간 더 눈을 붙였다. 더 이상 지체할 수 없다고 느껴졌을 즈음, 의지력만으로 몸을 일으켜 세워 서둘러 준비를 하고 셔틀버스로 향했다. 일어나 움직이니 그나마 피곤함이 덜했고 물놀이를 하러 간다는 생각에 다시금 신이 났다.

우리가 가는 '타이푼라군'은 미국에서 가장 큰 인공 파도풀이 있는 세계 최고의 워터파크다. '태풍이 휩쓸고 간 뒤 폐허가 된 마을'이라는 콘셉트에 맞춰 워터파크 전체를 실감나게 꾸며놓았고, 역시 듣던 대로 디테일 하나까지 신경 쓴 모습에 감탄이 절로 터져 나왔다.

파도풀은 수심이 정말 깊었는데, 신기하게도 아무도 구명조끼를 착용하지 않았다. 가장 깊은 곳까지 헤엄쳐 갔지만 무시무시한 파도풀을 한 번 맞고 녹다운된 뒤로는 다시는 끝까지 들어갈 엄두가 나지 않았다. 하지만 굳이 깊은 곳을 찾아 들어가지 않아도 전체적으로 풀이 내 키만큼 깊었다. 한국 워터파크의 얕은 풀이 늘 성에 차지 않던 나에게는 안성맞춤인 곳이었다.

한동안 계속된 물놀이로 몸에 한기가 느껴져 그만 돌아가기로 결정했다. 내일 떠난다는 생각이 들자 아쉬워진 우리는 다시 다운타운 디즈니로 발걸음을 옮겼다. 첫 여행을 축하하고, 마지막 밤을 기념하는 의미로 칵테일 한잔을 주문해 마셨다. 첫 여행의 마지막 밤은 그렇게 깊어갔다.

내가 누구든, 어디에 있든

떠나는 날, 아쉬운 마음 때문인지 이른 아침인데도 저절로 눈이 떠졌다. 세수도 하지 않은 채 리조트의 풀에 뛰어들어 마지막까지 물놀이를 즐겼다. 방의 짐을 모두 정리한 뒤 체크아웃을 하고 처음 올 때와 마찬가지로 리조트의 차량을 타고 공항까지 이동했다.

역시나 뉴욕까지 오는 동안은 완전히 곯아떨어졌고 도착 안내 방송이 흘러나올 때가 되어서야 눈이 떠졌다. 창밖을 바라보니 익숙한 풍경이 펼쳐져 있었다.

아, 다시 돌아왔구나. 나는 못내 아쉬운 마음을 뒤로하고 짐을 챙겨 비행기를 빠져나왔다. 공항 밖으로 나오자 며칠간 잊고 있던 뉴욕의 지독한 겨울과 다시 마주하게 되었다. 참을 수 없는 추위에 온몸이 부르르 떨렸다.

재빨리 택시를 잡아타고 집으로 돌아왔다. 몸이 녹초가 되어 짐을 정리하지도 못한 채 그대로 침대에 쓰러져버렸다. 나는 무언가 또 하나의 목적을 달성했다는 성취감에 기분 좋은 피로감을 느끼며 잠에 빠져들었다.

이번 여행 이후로 한 가지 목표를 세우게 되었다. 겨울에 따뜻한 곳에서 휴가 보내기! 올랜도에서의 행복한 기억을 되새기며 나는 앞으로도 계속 여행을 떠나기로 했다. 이번 여행의 실수를 통해 다음 여행엔 좀 더 성숙해지기를, 또 용감해지기를 바랐다.

17
Happy Valentine's Day

오늘은 밸런타인데이!

거리엔 온통 꽃을 들고 다니는 사람들뿐이다. 미국에는 화이트데이의 개념이 없다. 밸런타인데이에 사랑하는 마음과 고마운 마음을 남녀노소 구분 없이 전한다.

특별히 밸런타인데이가 아니더라도 평소에 꽃을 들고 다니는 사람들을 자주 보곤 하지만 오늘 같은 날엔 아가씨, 아줌마, 할아버지 할 것 없이 모두가 꽃을 들고 다니기 때문에 온천지가 꽃밭이다. 이렇게 하루 종일 꽃을 보고 있자면 으레 기분이 좋아진다. 별안간 나도 꽃이 사고 싶어져 꽃 한 다발을 샀다.

집으로 향하는 길에 한 노부부를 지나치게 되었다. 서로 손을 꼬옥 붙잡고 다른 한 손에는 꽃을 들고 가는 두 분의 모습을 보자 나도 모르게 입가에 미소가 번졌다. 하얗게 세어버린 머리처럼 서로 많은 날을 함께 해

내가 누구든, 어디에 있든

왔겠지. 깊게 팬 이마의 주름이, 조금은 느려진 걸음이, 마주 잡은 두 손의 온기가, 말하지 않아도 함께한 그간의 세월을 대변해주고 있었다.

나이가 들어도 낭만을 잃지 말자. 저 노부부처럼 사랑하는 사람에게 가끔 꽃을 선물할 수 있는 감성은 지키고 싶다. 몸이 늙더라도 정신까지 함께 늙지는 않기를.

무던해지되 무감각해지지 않는 것.

감정이 척박해지지 않는 것.

곁에 있는 사람에게 다정하게 대하는 것.

이런 사소한 것들을 놓지 않는 사람이 되고 싶다.

18
뉴욕 지하철에 관한 고찰

대부분의 뉴요커들은 자동차보다는 지하철을 이용한다. 뉴욕의 웬만한 곳들은 다 지하철로 연결이 되어 있어 빠르게 이동할 수 있기 때문이다. 그런데 뉴욕의 지하철은 세련된 뉴요커들의 이미지와는 어울리지 않는 모습으로 가끔 사람들에게 쇼크를 주는 곳이기도 하다.

가령,

- 낡고 더러운 나머지 고양이만한 쥐를 심심치 않게 목격할 수 있다.
- 고장이라도 한번 나면 수리하는 데 짧게는 몇 달, 길게는 몇 년이 걸릴 때도 있다.
- 1회권은 무조건 2.75달러. 적지 않은 금액이다.
- 한 달 정기권은 112달러. 약 13만원이 넘는 돈이다.
- 게다가 요금은 2년에 한 번꼴로 오른다.
- 상습적으로 멈추고, 신호 정리 때문에 몇 분씩 정차하는 것이 다반사다.

내가 누구든, 어디에 있든

- 러시아워에는 거의 모든 노선이 서행하고, 한 시간씩 멈추는 경우도 있다.

- 일반 열차가 갑자기 어느 구간에서는 무정차로 통과하며 급행으로 달린다. 이럴 때 기관사가 웅얼거리며 한 번 툭 방송을 해주기 때문에 대부분의 관광객은 혼란스러워하며 내려야 할 역을 지나쳐버린다.

- 잘 가다가 뜬금없이 여기까지 운행한다며 다 내리라는 방송이 나온다.

- 항상 보수공사 중이기 때문에 운행이 중단된 구간이 많아 우회해야 하는 경우가 많다. 반드시 역에 붙어 있는 포스터를 잘 확인해보아야 한다.

- 주말에는 노선이 변경되는 구간이 많다.

- 휴대폰 수신이 불가하다. 최근 주요 역에서는 수신이 되긴 하지만 여전히 역간 이동 중에는 휴대폰 사용이 안 된다.

- 안내 시스템이 부실해서 내릴 때를 항상 신경 써야 한다.

종종 뉴욕의 '헬 게이트'로 불리며, 예기치 못한 상황이 발생하는 이곳. 처음 뉴욕 지하철을 탔을 땐 거미줄처럼 얽힌 복잡하고 방대한 노선에 놀랐고, 시간이 좀 지나서는 지하철을 대하는 뉴요커들의 인내심에 또 한 번 놀랐다.

그럼에도 불구하고 딱 두 가지 이유가 뉴욕 지하철을 미워할 수 없게 만든다. 24시간 운행으로 밤사이 교통수단 걱정에서 해방될 수 있다는 점과 다양한 아티스트들의 퍼포먼스를 감상할 수 있다는 점. 아티스트들의 공연은 단순한 일반인들의 재롱 잔치 수준으로 생각해서는 안 된다. 일부 연주자들은 카네기홀에서 연주한 적도 있는 실력자들이다. 음악, 미술, 춤, 다양한 분야의 아티스트들을 매일같이 만나다 보면 나도 모르게 가슴속 열정이 꿈틀댄다. 매 순간 순간이 영감의 연속이다.

뉴욕 지하철을 타보는 것은 뉴욕을 제대로 알 수 있는 좋은 방법이 될지도 모른다. 뉴욕 지하철은 뉴욕 특유의 다양성, 역동성을 가장 잘 표현하고 있어서 뉴욕을 한눈에 다 담기에 제격인 곳이니까.

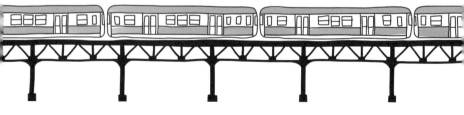

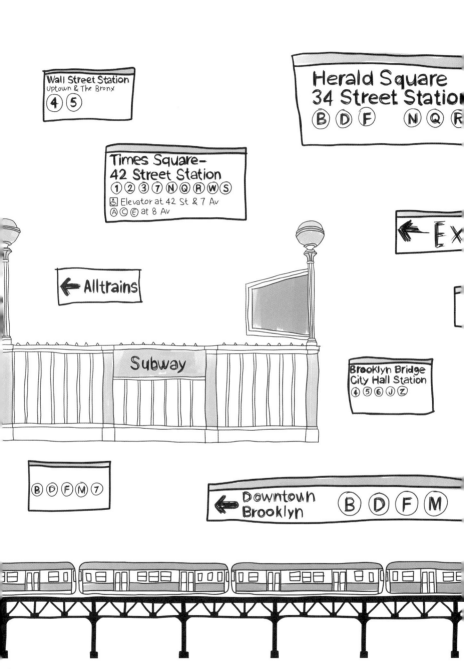

19
빈대와의 사투

언제부턴가 부쩍 벌레에 자주 물리기 시작했다. 웬일인지 물리는 횟수는 날이 갈수록 많아졌고 온몸에 붉은 자국들이 퍼져나가기 시작했다. 단순히 모기쯤으로 여겼지만 문제는 훨씬 심각했다.

나는 곧 우리 집이 빈대에 감염되었다는 사실을 알았다. 사실 우리 세대는 빈대라는 걸 겪어본 적이 없기 때문에 굉장히 생소했지만 미국에서는 아직도 빈대 문제로 골머리를 썩고 있었다.

빈대에 효과가 좋다는 각종 약들과 온갖 방법을 동원했지만 상태는 나아지지 않았고, 결국엔 빈대로부터 도망치기 위해 이사라는 최후의 방법까지 감행했다. 하지만 이 지긋지긋한 놈들은 이름 그대로 빈대처럼 들러붙어 새집까지 나를 쫓아왔다. 영원히 끝나지 않을 것만 같은 이 싸움에 극도로 절망적인 기분을 느낄 수밖에 없었다.

소지품과 침대에 시도 때도 없이 스프레이 약을 뿌렸고, 거의 매일 빨래방에 드나들었지만 힘과 돈만 낭비될 뿐 어떤 것도 효과가 없었다. 너

내가 누구든, 어디에 있든

무나 끈질기고 집요하게 나를 물어대는 통에 '빈대 잡으려고 초가삼간 태운다'는 속담을 이제야 100% 공감하며 '오죽하면 집을 태우겠나' 하는 생각마저 들었다.

그렇게 몇 달이 흘러가는 사이에 온몸의 자국들은 더 심하게 부풀어 올랐고 이제는 물집까지 잡히기 시작했다. 온몸에 퍼진 흉측한 자국들 때문에 밖에 나가기도, 사람들을 만나기도 싫었다. 스스로가 꼭 전염병 환자처럼 느껴졌고 거울을 보거나 샤워를 하거나 옷을 갈아입을 때마다 극심한 스트레스에 시달렸다.

미칠 듯한 가려움이 날 너무나 힘들게 했고, 빨갛게 부어오른 몸을 볼 때마다 스스로가 징그러워 괴로웠다. 당장의 괴로움은 어떻게든 이겨낼 수 있었지만 점점 더 심해져 가는 자국들을 보자 앞으로 계속 이 흉터들을 가지고 살아가야 하는 건 아닌가 하는 마음이 들어 몇 배로 더 괴로웠다.

이대로는 여기에 계속 머물 수 없을 거란 생각이 들었다. 고작 빈대 때문에 그토록 원하던 뉴욕 생활을 접어야만 하는 상황이 나는 억울하기만 했다. 마지막으로 침대의 깊숙한 부분까지 살펴보기로 한 뒤, 있는 힘껏 매트리스를 들어 올려 지지대 부분에 약을 뿌렸다.

얼마 지나지 않아 나무로 된 지지대 속에서 빈대들이 스멀스멀 기어 나오기 시작했다. 드디어 빈대의 서식지를 발견한 것이다. 그 순간 너무 기뻐서 눈물까지 뚝뚝 흘리며 남은 약을 몽땅 털어버렸고, 비닐로 지지대를 꽁꽁 감싸 완벽하게 봉쇄해버렸다.

이로써 장장 6개월간에 걸친 지긋지긋한 빈대와의 사투는 막을 내리게 되었고, 빈대가 떠난 대신 나는 이곳에 남을 수 있게 되었다. 나는 그저 이 지옥 같았던 시간이 끝난 것에 감사한 마음이 들었고, 이제 두 번 다시는! 다음 생에도! 빈대와 마주치지 않기를 바랐다.

그 후로도 나는 잠에 들 때면 가끔씩 빈대 왕과 치열한 전투를 벌이는 무서운 꿈을 꾸었다. 빈대 꿈을 꿀 때마다 이전의 기억들이 되살아나 어찌나 두려운지 잠에서 깨어나서도 한참을 빈대에 대한 공포감에 꼼짝할 수 없었다.

경험에서 오는 공포, 그 얼마나 강력한가. 온몸에 남겨진 흉터는 언젠가는 흐려지고 없어질 것이다. 하지만 그 6개월간의 기억에 관한 트라우마는 아주 오랫동안 남게 되리라는 예감이 들었다.

내가 누구든, 어디에 있든

20
도심 한가운데서의 쉼

이곳엔 여기저기 쉴 수 있는 곳이 많아서 좋다. 크고 작은 공원에서부터 도심 속 작은 휴식 공간까지. 관광객이 많은 탓일까. 거리엔 언제나 앉을 수 있는 의자와 작은 테이블들이 널려 있다. 빌딩 사이에 전혀 어울리지 않는, 뜬금없이 펼쳐져 있는 테이블이 오히려 낭만적이다.

여럿이 모여 두런두런 이야기를 주고받는 사람들, 사랑스런 눈길로 서로를 마주보는 연인들, 누군가를 기다리는 듯 거리를 두리번거리는 행인, 혼자서 끼니를 때우고 있는 아저씨. 모두들 제각기 다른 이유로 이곳을 찾았겠지만 이 작은 공간이 누구에게나 편안한 쉼터가 되어준다는 것은 분명하다.

나에게는 가판에서 파는 1달러짜리 커피 한잔만 있으면 이곳은 충분히 훌륭한 카페가 된다. 이어폰으로 내가 좋아하는 음악을 골라 듣고 책을 읽으며 여유로움을 누리는 시간. 반짝이며 쏟아지는 햇살과 살랑살랑 머리칼을 간지럽히는 바람은 덤이다.

내가 누구든, 어디에 있든

짜릿하고 긴장감 넘치는 흥분보다는 잔잔하고 은근한 기쁨이 좋다.
이렇게 평온한 시간을 보낼 수 있다는 것이 나의 소소한 행복이다.

21
초라한 것은 그들이 아닌 내 마음

뉴욕 거리의 수많은 떠돌이들.

어떤 이는 약물에 중독되어,

어떤 이는 병원비를 감당하다 파산하여,

또 어떤 이는 아버지의 가정 폭력에 시달리다,

거리로 나오게 되었다고 했다.

그들은 어디에나 있었고,

나와 비슷하거나 어린 친구들도 있었다.

가끔 그들의 이야기를 듣게 될 때면

깊은 연민을 느꼈지만

먹을 것을 주거나

돈 몇 푼을 쥐어주거나

또는 눈물을 흘리는 것밖에는 할 수 있는 일이 없었다.

내가 누구든, 어디에 있든

그리고 한편으로는 마음 깊숙이 알 수 없는 위로를 받으며
더욱 열심히 살아야겠다는 각오를 새로이 다지곤 했다.
나에게 주어진 상황과 환경이 다행이다, 감사하다고 느끼며.

누군가와 내 처지를 저울질해보고
나의 위치가 어디쯤인지를 확인한 뒤에야 안심을 하게 되는 마음.
이 얼마나 한심한 마음일까.
초라한 것은 그 사람들이 아닌 내 마음이다.
왜 나는 항상 나의 인생을 다른 사람과 비교하려고 하는 것일까.
나는 오로지 나로서만 존재할 수는 없는 것일까.
오로지 내 안에서 행복할 수 없는 것일까.

22
친구와 함께 보낸 일주일

뉴욕 생활에 이제 완전히 적응했지만 익숙한 만큼 조금은 밋밋한 일상
이 계속되고 있었다. 그러던 중 한국에 있는 친구로부터 곧 뉴욕에 올
거라는 반가운 이야기를 전해 들었다. 내게는 이 일이 상당히 신선한 자
극으로 다가왔다. 마음은 기대감으로 설레기 시작했고 이곳에서 친구
를 만나면 어떤 기분일지, 또 무엇을 해야 할지 그런 생각들로 내 머릿속
이 꽉 채워졌다. 그간의 외로웠던 타지 생활을 다 녹여버릴 정도로 몸과
마음이 달떴다.

그렇게 기대하고 기다리던 그날이 왔다. 우린 너무 신이 나 어린아이
들처럼 꺅꺅대며 소리를 질렀고 쉴 틈 없이 말을 쏟아냈다.

"믿어져? 우리가 지금 뉴욕에 있다는 게?"

얼마 전까지만 해도 뉴욕에서 만나게 될 거라고는 상상도 하지 못했

내가 누구든, 어디에 있든

는데 알 수 없는 힘은 지금 우리를 이곳에 데려다 놓았다. 그것만으로도 나에겐 충분히 멋진 일이었고 더불어 익숙하다고 생각한 뉴욕이 더 이상 익숙하게 느껴지지 않았다. 친구와 함께 있는 이곳이 이전과는 달리 새롭게 보이기 시작한 것이다.

며칠간 친구와 함께 지하철을 타고, 맛있는 음식을 먹고, 이곳저곳을 구경하고, 밤거리를 거닐며 즐거운 시간을 보냈다. 그동안 하지 못했던 잡다한 이야기를 주절주절 쏟으며 수다쟁이들처럼 떠들어댔고 함께 있는 시간 동안 우리는 끊임없이 웃었다. 이 도시를 다시 여행하는 느낌이 들어서인지, 아니면 단지 보고 싶었던 친구를 만나서인지는 알 수 없지만 어쨌거나 나는 계속 웃었다. 순식간에 마음에 활기가 돌았고 얼굴에 생기가 넘쳤다.

우리가 뉴욕에서 함께한 시간은 그리 길지 않았지만 친구와 보낸 단 며칠의 임팩트는 대단했다. 뉴욕에서 항상 불안정했던 나의 마음을 치유해주고 재충전할 수 있도록 활력을 주었다. 그리고 친구와 함께하는 동안 뉴욕은 그동안 보지 못한, 또는 알지 못한 새로운 모습들을 비춰주었기 때문에 이곳에서의 생활을 기쁘거나 괴롭게 만드는 것은 오로지 나 자신이라는 중요한 사실을 깨닫게 되었다.

내가 이곳에서 느끼는 외로움은 사실 상황을 받아들이는 내 태도에 따른 것이고, 어쩌면 스스로 외로울 이유만을 찾고 있었기에 외로웠는지도 모르겠다는 생각이 들었다. 앞으로 어떤 마음가짐으로 뉴욕을 바라보고 대해야 하는지를 안다는 것은 이곳에서 남은 나의 여정을 성공

적으로 마칠 수 있는 중요한 열쇠가 될 것이 분명했다.

친구를 보내며 이곳에 우리의 발자취를 남겼다는 것, 그리고 우리의 추억이 하나 더 늘어났다는 것에 감사했다. 시간이 지나면 기억은 서서히 희미해질 것이다. 하지만 우리가 한때 이곳에 있었다는 사실만은 변함이 없을 것이고 앞으로 우리에게 뉴욕은 보통의 평범한 도시가 아닌 아련한 추억이 담긴 지극히 사적인 도시가 될 것이다.

나는 언젠가 다시 우리가 이 도시에 함께 오기를 소망했다. 물론 그때가 되도 나는 친구와 함께 지하철을 타고, 타임스스퀘어와 센트럴 파크를 걷고, 분위기 좋은 펍에서 맥주 한잔을 마시며 수다를 떨고 싶다. 지금과 같은 소소한 시간을 보내기를 바란다. 소소한 시간이 더 이상 우리에게 소소하게 기억되지 않을 거란 걸 알고 있기 때문에 더욱더 그날이 기다려진다. 언제까지나 이 도시가 우리에게 특별하게 남아 있기를 바라며….

23
모험… 확률은 50:50

모든 것이 항상 내가 원하는 대로 흘러가지는 않았다.

그래서 언제부턴가 계획을 세우지 않게 되었다.

그저 그때그때 마음 가는 대로 살아왔더니 내가 되었다.

행복, 슬픔, 고통, 또 즐거운 순간들.

이 모든 것들은 내가 예상하지 못한 순간에 불쑥불쑥 찾아왔다.

결국 내 뜻대로 되지 않는 거라면 모험을 하고 싶었다.

어차피 확률은 50:50

무얼 하든지 후회는 남기기 싫었다.

부모님과 단 한 번 상의도 없이 선택한 뉴욕행.

나 때문에 가슴 졸였을 가족들.

내 선택이기 때문에 난 누구를 탓할 수도, 기댈 수도 없다.

그저 모든 것은 내 탓이고 모든 일은 혼자서 헤쳐나가야 하는 것.

나에겐 매일매일이 새로운 선택이고 새로운 세상이다.

내가 누구든, 어디에 있든

나, 또는 누군가의 계획이라는 틀에 갇혀 살 수는 없는 것.

그저 남들과 비슷하게, 남들이 하는 만큼만 적당히.

내가 원하는 나의 인생은 그런 게 아니다.

나는 앞으로 나아가고 싶다.

그것이 아주 느린 걸음일지라도 앞으로 나아가고 싶다.

한계를 알고 싶고 가능성을 시험해보고 싶다.

지치지 않고,

항상 새로워지는,

새로운 내가 되고 싶다.

늘 과거를 추억하며
아름답다 말하지만
지금 이 순간도 결국엔
아름다운 순간으로 기억될 거야.
그러니 최선을 다해 지금을 즐겨.

24
아르바이트가 필요해

6개월이 채 되지 않아 내 통장 잔고는 바닥을 보이기 시작했다. 학비며 생활비며 모든 것이 만만치 않았고 서울 생활보다 훨씬 빠른 속도로 잔고가 줄어들고 있었다. 멍청한 건지 순진한 건지 처음 이곳에 왔을 땐 내가 가지고 온 돈이 꽤 많다고 느꼈고, 마치 그것이 언제까지나 유지될 것처럼 생각 없이 돈을 써버렸다.

과소비를 한 탓에 잔고는 훨씬 더 빨리 줄어들었고 나는 내 잔액의 3분의 2가 줄어들고 나서야 비로소 심각성을 알아차렸다. 잔고가 어느 수준 이하로 떨어지자 가속도가 붙은 듯 더욱 무섭게 줄어들고 있었다.

물론 그간에 내가 모아둔 돈은 어차피 이곳에서 다 쓰게 될 것이라 예상했다. 하지만 막상 처음 계획했던 6개월이라는 시간이 점점 코앞으로 다가오자 아직 무엇 하나 제대로 해보지도 못했는데 무의미하게 소비만 했다는 생각이 들어 허무감이 밀려왔다. 이곳에 더 머물고 싶다는 욕심도 일었다.

내가 누구든, 어디에 있든

다른 건 다 제쳐두더라도 이제 정말로 생존의 문제가 시작되었기 때문에 일단은 여기서 직접 돈을 벌어야겠다고 생각했다. 인터넷 사이트를 뒤지며 학교가 끝난 오후 시간대에 할 수 있는 파트타임 일자리를 알아보았다.

처음으로 구한 일자리는 베이비시터였다. 원래 아이들을 좋아해서 그런지 특별히 힘든 것은 없었지만 수입을 꾸준히 유지할 수 없어서 곧 그만둘 수밖에 없었다. 얼마 후에 다시 게스트하우스 매니저 일자리를 구했다. 예약 스케줄을 보고 객실을 정리해놓고 시간 맞춰 투숙객들을 안내하는 일이었는데, 세계 각지에서 오는 투숙객들을 상대해야 했기 때문에 짧게나마 영어를 연습하기에도 좋은 일이었다.

가끔은 내 특기를 살려 모델링을 하기도 했다. 특히 촬영 같은 경우엔 다른 일보다 월등히 높은 페이를 받았다. 그 당시 게스트하우스에서 일한 한 달 월급보다 한 번의 촬영 페이가 훨씬 많았다. 생활비를 벌기 위해 내 능력 안에서 할 수 있는 모든 일을 하려다 보니 투잡, 쓰리잡을 하게 되었다.

사실 생계를 핑계로 모델링을 하게 되었지만 자칫 내가 처음에 품었던 가장 중요한 목적을 잃어버리게 될까 봐 늘 경계해야만 했다. 다시 똑같은 이유로 내면의 공허함을 느끼게 된다면 결국 내가 이곳에 온 의미는 사라지기 때문이다.

난 패션모델 김나래가 아닌 인간 김나래로서의 새로운 삶을 살아가고 있다. 인간 김나래는 이곳에서 최대한 다양한 경험을 쌓기를 바랐다.

그래서 가능한 한 그동안 못 해본 일 위주로 나름대로의 아르바이트 계획을 세웠다.

새로운 것을 배우는 즐거움 덕분인지 일에 대한 스트레스는 전혀 없었다. 더군다나 이곳의 개인주의적인 사고방식 덕분에 눈치를 주는 직장 상사나 선배도 존재하지 않았다. 나는 일하며 만난 모든 사람과 성별과 나이에 상관없이 친구가 되었고, 즐겁게 새로운 일을 배우고, 그 일을 진정 즐길 수 있었다.

25
불확실한 선택에 나를 맡기다

한동안 오전엔 학교생활, 오후엔 게스트하우스 일을 하며 뉴욕에서의 생계를 이어갔다. 그 후 방학이 시작되었고, 이렇게 오랫동안 해외에서 떨어져 살아본 적이 없던 나로서는 그맘때쯤 한국이 무척 그리웠다.

엄밀히 말하자면 한국이 그리웠다기보다는 한국의 분위기와 생활이 그리웠고, 엄마 아빠도 보고 싶고 친구들도 보고 싶었다. 맛있고 푸짐한 한국 음식들이 먹고 싶어 미칠 지경이었고 나의 아지트 같았던 몇몇 군데에서의 추억도 새록새록 떠올랐다.

방학이 시작된 후 가장 고민이 되었던 것은 나의 향후 계획이었다. 아르바이트로 생활을 유지하고는 있지만 뉴욕의 물가를 고려했을 때, 파트타임으로는 최소한의 생계유지만 가능할 뿐 앞으로의 학비를 감당하기는 어려울 것 같았다.

다행히 방학은 4개월 정도로 무척 길었고 나에게 어느 정도의 시간은 확보된 셈이었다. 지금의 여유 시간을 틈타 한국에 다녀오고 싶은

마음이 생겼다. 하지만 한국에 가도 확실한 답을 얻을 수 있는 것이 아니었고 비행기 값도 만만치 않았기 때문에 앞으로 뉴욕에서 계속 생활할 거라면 한국행을 선택하는 것이 그리 좋은 방법이 아닐지도 몰랐다.

결국엔 이렇게 계속 고민만 하며 시간을 흘려보내기가 싫어 그나마 남아 있던 몇 푼을 탈탈 털어 바로 한국행 티켓을 끊어버렸다. 돌아올 티켓을 끊을 만큼의 여윳돈은 없었기 때문에 어쩌면 이대로 뉴욕에 다시 돌아오지 못할지도 모를 일이었다. 하지만 당시에 나는 꽤나 낙천적인 마음을 갖고 있었는지 '어떻게든 되겠지.'라고 단순하게 생각했다.

그렇게 나는 갑작스럽게 이곳에 올 때처럼 또다시 불확실한 선택에 나를 내맡겨 버렸다. 이제 앞으로 나는 어떻게 될지, 내 인생이 어떻게 흘러가게 될지는 나조차도 예상할 수 없었다.

결국엔
떠돌이 신세

장장 15시간이 넘는 비행을 마치고 드디어 인천 공항에 도착했다. 눈에 띄는 사람들이 죄다 검은 머리를 하고 있어서 나는 적잖이 놀랐다. 색색의 현란한 머리색과 다양한 피부색에 익숙해 있던 터라 온통 똑같은 피부색과 검은 머리의 풍경이 무척 낯설게 다가왔기 때문이다.

나는 한국말을 내뱉는 사람들을 신기하게 바라보았다. 나는 이곳에서 태어난 한국인이고 20년이 넘게 여기서 살아왔지만 단 10개월간의 환경 변화가 나의 사고방식에 엄청난 변화를 가져왔다. 나와 같은 한국인들보다는 가끔 보이는 노랑머리의 외국인들이

오히려 더욱 친근하게 느껴졌다.

　한동안은 한국에 돌아왔다는 사실이 믿기지 않았다. 집에 돌아와서도, 친숙한 장소를 보아도, 한국인들을 만나도 계속 현실감각이 느껴지지 않았고 마치 꿈을 꾸는 것 같았다.

　한국에 온 지 거의 한 달이 되었다. 특별히 한 일은 없었지만 엄마의 집밥을 많이 먹었고, 친구들을 자주 만났다. 오랫동안 가지 못했던 홍대의 단골 식당과 카페들을 하나씩 찾아다니며 그동안의 그리움을 달랬다. 짧게 1박 2일 춘천 여행도 다녀오고, 오랜만에 고향에도 내려갔다. 딱히 힘든 것 없는 한국 생활은 나를 약간은 게을러지게 만들었고, 오랜만에 여유다운 여유를 즐길 수 있었다.

　반면에 어딘가 모르게 낯선 느낌은 여전히 지워지지 않았다. 아마 너무나 다른 문화에서 오는 불완전한 사고의 정착 때문이었으리라. 예전엔 당연하게 느꼈던 것들이 가끔은 나를 혼란스럽게 만들었고, 이상하게도 그럴수록 마음 한구석에서 무언가 충족되지 않는 욕망이 생겨났다.

몇 주가 지나자 그런 낯선 느낌은 어색함으로 자리 잡게 되었고, 안정감을 찾아 돌아온 모국이 왠지 더욱 멀게만 느껴졌다. 이제는 관심사도, 가치관도 너무 달라져버린 내가 예전의 나로 돌아가 생활하는 것이 꼭 맞지 않는 옷을 입은 듯 불편하게 느껴졌다.

스스로가 이방인처럼 느껴졌던 뉴욕 생활처럼 한국에서 역시 섞이지 못한다는 느낌이 든 나는 이제 어디에도 속하지 못하는 떠돌이 신세로 전락해버렸다.

날이 갈수록 뉴욕에 돌아가야만 한다는 생각이 커져갔다. 종국에는 한 달만에 뉴욕으로 되돌아갈 결심을 하게 되었다. 하지만 내겐 다시 돌아갈 티켓을 살 돈이 없었고, 결국 '절대 부모님에게 손을 벌리지 않겠다'는 결심을 무너뜨리고 부모님께 비행기 티켓을 지원받게 되었다. 너무나 기대했던 한국에서의 휴가는 그렇게 짧게 끝이 났고 나는 다시 뉴욕으로 서둘러 돌아가게 되었다.

어찌어찌해서 뉴욕으로 돌아가게는 되었지만 사실 아직 최대의 골칫거리가 해결되지 않았다. 다음 학기 등록금이 필요했다. 다시

내가 누구든, 어디에 있든

일자리를 알아봐야 했다. 나에겐 아직 3개월이란 시간이 남았으니 그동안 풀타임 일자리를 구하면 등록금을 내고도 조금의 생활비는 마련할 수 있을 것 같았다. 일자리를 찾아야 한다는 압박감에 조금은 걱정스런 마음이 들었지만, 이상하게도 다시 뉴욕으로 돌아간다는 생각은 다시금 나를 설레게 했다.

처음 뉴욕으로 떠날 때의 모습이 지금의 내 모습과 오버랩 되었다. 무작정 아이같이 들떠 있던 그때가 마치 어제처럼 생생히 다가왔다. 어쩐지 같은 듯 다른 지금의 나. 또다시 뉴욕으로 여행을 떠나는 나에게 따뜻한 응원과 격려를 보냈다.

뉴욕의 창밖을 바라보면,
불빛과 스카이라인이 보이지요.
그리고 일,
사랑,
세상에서 제일 맛있는 초콜릿 쿠키를 찾아
이리저리 돌아다니는 사람들을 볼 수 있어요.
그러면 내 마음은 조금씩 춤을 춘답니다.

─노라 에프론 (영화감독)

제 3 장

꿈꾸는
청춘

새로운 뉴욕

Statue of
Liberty

1
새로운 시작

뉴욕으로 돌아오니 신기하게도 마음이 너무 편안했다. 다시 마주하게 된 뉴욕은 전혀 낯설지 않았다. 이제야 진짜 내 집에 온 것처럼 포근했고, 마땅히 내가 있어야 할 곳에 있다는 강렬한 느낌이 들었다.

돌아오자마자 의류 매장에서 점원으로 일하게 되었다. 다행히도 면접에서 합격했고 일주일에 3일을 풀타임으로 일했다. 새로운 일을 시작한 것은 좋았지만 하루에 10시간씩 서 있는 건 보통 일이 아니었다. 게다가 집이랑 거리도 멀어 가는 데만 한 시간씩 걸렸다. 일을 마치고 돌아오는 길엔 너무 피곤해서 지하철에서 곯아떨어지기 일쑤였다.

그렇게 한 달이 지났다. 급기야 내 통장 잔고는 0을 찍었다. 수중에 돈이 한 푼도 없어서 친구에게 지하철비 5달러를 빌려 일을 하러 갔다. 다행히 월급을 받는 날이라 돈은 바로 메꿨지만 이대로는 등록금을 마련할 수 없었다. 남은 사흘 동안 일할 수 있는 다른 파트타임 일자리를 알아봐야 했다.

내가 누구든, 어디에 있든

STATUE
OF
LIBERTY

마음이 급해진 나는 평소 일하고 싶다고 생각했던 맨해튼의 뷰티숍을 무작정 찾아갔다. 다짜고짜 일을 하고 싶다며 자리가 있는지 물었지만 당장은 직원이 필요 없다는 대답에 연락처 하나만 달랑 남겨놓고 나왔다. 후에 들은 이야기지만 그때 직원들은 이런 나의 당돌한 태도에 적잖이 놀랐다고 한다.

한 달이 지나도 여전히 연락은 없었다. 나는 계속해서 다른 일자리를 알아봤지만 마땅한 자리가 없었고, 초조한 마음에 또다시 그 매장에 전화를 걸었다. 운 좋게도 마침 직원을 구하고 있었다. 지난번 적어놓은 내 연락처가 없어지는 바람에 연락할 수 없었다고 했다.

며칠 뒤 면접을 보게 되었는데, 그날 면접의 핵심은 '영어를 잘하느냐'였다. 물론 나는 여전히 영어를 잘하지 못했다. 그렇지만 그곳에서 일하고 싶은 마음이 너무도 간절해 나도 모르게 영어를 잘한다고 말해버렸다. 그렇게 큰소리를 치고 돌아오는 길에 왠지 걱정스런 마음이 들었다.

2
보이는 것이 다가 아니다

화장기 없는 맨 얼굴,

대충 틀어 올린 부스스한 머리,

무심하게 걸친 듯한 옷차림.

포장하지 않아도, 잘 보이려 애쓰지 않아도

나를 알아봐주는 곳.

명품 백을 들지 않아도, 하이힐을 신지 않아도

있는 그대로의 나를 인정해주는 곳.

조용히

내가 살아온 방식을 뒤흔드는 이곳.

보이는 게 다가 아니라는 걸

그들에게서 배운다.

3
행복한 일터

면접에 합격했고, 당장 일을 시작하게 되었다. 그러나 기쁨도 잠시,

'영어… 그놈의 영어! 계획, 계획이 필요하다!'

순간 내 머릿속에는 엄청난 고뇌의 바람이 요동쳤다. 말을 최대한 아껴야 하나, 아니면 그냥 솔직하게 영어를 못한다고 말할까. 수많은 생각이 스쳐 지나갔다.

잔꾀를 부리기엔 나는 너무 의욕이 넘쳤다. 결국 남은 시간 동안 영어하드 트레이닝에 들어가기로 결정했다. 시간이 없으니 매장에서 가장 많이 쓸 것 같은 문장을 골라서 아예 통째로 외워버리기로 했다.

여러 가지 표현들을 수첩에 주욱 써놓고 휴대폰 메모장에도 옮겨 적어 밖에서도 항상 외우며 다녔다. 집에 있을 땐 영어 문장이 입에 잘 붙도록 혼자 상황극을 해가며 실제처럼 연습해보기도 했다. 그렇게 일주일 동안 문장을 완벽하게 외운 뒤, 일을 시작하게 되었다.

공부한 보람이 있었는지 어느 정도는 외운 문장으로 외국인들을 상

내가 누구든, 어디에 있든

대할 수 있었다. 예상치 못했던 질문을 받으면 집에 돌아와 바로 뜻을 찾아본 뒤 수첩에 적고 문장 리스트에 추가시켰다. 생각 외로 순조롭게 일을 배웠고 곧 막힘없이 고객을 대할 수 있게 되었다.

그런데 막상 일을 해보니 가장 큰 문제는 영어가 아니었다. 나는 내가 하는 일에 관련된 지식이 없었고, 전문용어 또한 전혀 몰랐다. 어떤 일을 잘하려면 그저 흉내만 내서는 안 되고 전문적인 지식이 필요하다는 사실을 알게 되었다.

나도 잘 모르는데 어떤 사람이 나를 믿고 구매를 하겠는가. 그때부터 틈날 때마다 매장의 모든 제품의 특징과 사용법, 성분표 등을 보며 공부하기 시작했다.

내가 어떤 일을 맡게 되든 그 일에 관해선 완벽하게 책임지고 싶었다. 돈이 필요해서라지만 그 이유 하나로 내 시간들을 대충 낭비하고 싶지는 않았다. 어쩌면 나는 여태까지 인생을 낭비해온 것에 대한 책임을 묻고 싶었는지도 모른다. 매 순간에 최선을 다하지 못했던, 항상 번지르르한 결과만을 좇았던 나였기 때문에 이번만큼은 스스로에게 정직한 노력을 인정받고 싶었다.

보름 정도가 흐른 뒤에는 모든 제품에 대해 자세히 알게 되었고 덩달아 판매에도 자신감이 붙었다. 외국인들에게 모르는 것을 알려주고 대화하는 시간이 많아졌고 일이 너무나 재미있어졌다.

함께 일하는 직원들과도 금세 친해졌다. 이제는 이곳에서의 시간이 내 생활의 가장 큰 부분을 차지하게 되었다.

돈을 벌어서가 아니라 진정으로 이 일을 좋아하게 되었다. 물건을 파는 일, 상품을 정리하는 일, 그리고 매장을 청소하는 것까지 이 모든 것을 나는 진정 즐기고 있었다. 일하러 가는 아침이 그렇게 행복할 수가 없었다.

모델로서 촬영이나 쇼를 하러 갈 때도 이처럼 행복하지는 않았다. 어떤 일을 하든 '일'은 나에게 어느 정도 스트레스로 작용했고, 일은 단지 일일 뿐 내가 즐길 수 있는 것이라고는 한 번도 생각해보지 못했다. 이런 마음은 내 생활을 치명적인 악순환으로 끌고 들어갔다. 그 안에서 나는 왜 내가 행복하지 않은 건지, 무엇이 나를 이토록 불안하게 하는 건지 계속해서 의문을 던졌다. 그 의문에 대한 답은 의외로 간단했다.

주어진 순간에 최선을 다하는 것.

나는 항상 순간을 소홀히 했다. 결국엔 그 순간순간이 모여 내 인생이 만들어진다는 사실은 간과했다. 지금 행복한 사람만이 행복한 삶을 누릴 자격이 있다. 나는 여기에서 처음으로 이 사실을 깨달았다.

이곳에서의 순간순간은 나에게 삶에 대한, 또 일에 대한 확신과 열정을 불어넣어 주었고 모든 것이 자연스럽게 술술 풀려갔다. 상품을 고를 때 나를 찾는 고객이 많아질수록 인센티브는 늘어났고, 아르바이트비도 생각보다 많이 받게 되었다. 결국에는 방학이 채 끝나기도 전에 등록금을 내고도 남을 만큼의 돈을 벌었다.

또 한 가지. 그동안 나는 내가 사람들과 부대끼길 좋아하지 않는다고 생각해왔다. 그랬던 내가 새로운 일을 경험해보고서야 비로소 나에 대한 새로운 사실을 알게 되었다.

나는 사람들을 상당히 좋아한다.

4
뉴욕에서 패션쇼를 하다

패션의 도시답게 뉴욕 어디서나 모델들을 볼 수 있다. 거리에서도 심심 찮게 그들을 마주치고, 심지어 시내의 아무 가게에 들어가서도 아르바 이트를 하는 모델들을 마주하게 된다. 그야말로 모델 천국이다.

나는 생활비를 벌기 위해 가끔씩 모델링을 했을 뿐, 뉴욕에서 본격적 으로 모델 활동을 할 생각은 전혀 없었기 때문에 사실 이곳에서 패션쇼 를 할 거라는 생각은 해보지 못했다.

어느 날, 미국의 한 패션 회사로부터 패션쇼 제의를 받았다. 미국 내 에서는 업계 3위 안에 드는 큰 규모의 회사였다.

한국인이 설립한 회사라 한국인 직원들도 많았고, 패션쇼 담당자 역 시 한국인이었기 때문에 우연찮게 패션쇼 제의를 받게 되었다. 그런데 특이하게도 동양인 모델은 선호하지 않아 여태까지 동양인 모델을 한 번도 써본 적이 없다고 했다.

뉴욕에서의 패션쇼는 어떨까 하는 호기심이 동해 나는 망설임도 없

내가 누구든, 어디에 있든

이 미팅에 응했고 운 좋게도 바로 캐스팅이 되었다.

뉴욕에서의 쇼라니! 한국에서 수도 없이 쇼를 했지만 이곳에서 패션
쇼를 한다고 생각하니 내심 기대감이 생겼다. 나를 허무하게까지 만든
모델 일에 이상하게도 다시 알 수 없는 호기심이 생겨났다. 계획에도 없
던 일이었기 때문에 더욱더 흥분되었다. 역시 계획이란, 언제나 소용없
는 것.

당일, 아침 일찍 일어나 준비를 하고 쇼장으로 갔다. 혼자만 동양인이
라 혹시나 소외되지는 않을까… 은근히 걱정했지만 스태프들은 날 아주
반갑게 맞아주었다. 곧 시안에 맞춰 메이크업을 받고 의상 피팅을 했다.

내심 까칠할 거라 예상했던 모델들도 모두 친절하고 명랑했다. 의사
소통이 안 되는 나를 더 챙겨주고 신경 써주는 모습이 참 고마웠다. 리
허설까지 모두 마친 뒤, 드디어 진짜 쇼가 시작되었고 설렘 반, 긴장 반,
묘한 흥분감이 백 스테이지에 맴돌았다.

무대에 서고 조명이 나를 비추자 세상은 잠잠해졌다. 한 발 한 발 내딛
으니 서서히 보이기 시작하는 관객들. 관객들은 모두 나를 보고 있었다.

오로지 나에게만 집중된 기분 좋은 사치.
짜릿한 두근거림.

그것은 잃어버린 것, 언젠가부터 마음속에서 사라져버린 그 무엇이

었다. 그런 감정을 잃어버린 지는 꽤 오래되었지만 그것으로부터 멀리 떨어져 나온 나는 지금 여기서 또다시 그것과 마주하고 있다.

나는 마치 오래 전에 처음 쇼에 섰을 때와 같은 기분을 느꼈다. 이런 감정이 어이가 없었던 건지 나도 모르게 피식 싱겁게 웃어버렸다.

낯선 곳, 낯선 사람들이 내뿜는 열기 때문이었을까. 나는 다시 그 묘한 짜릿함을 느꼈고, 내 마음은 신선함으로 가득 채워졌다.

5
나는 어디로 가고 있나요

어느덧, 뉴욕에서의 1년이 지나가고 있었다.

그동안 경험해보지 못한 방식으로 다양한 사람들을 만났고,

아무도 이야기해주지 않았던 인생의 여러 비밀들을 알게 되었다.

세상을 보는 방법, 사람들을 대하는 태도.

어느새 많은 것이 바뀌었다.

하지만 아직도 불분명한 한 가지.

꿈.

꿈이 없다.

도대체 내가 무엇을 원하고 있는지를 몰랐다.

진정 내가 사랑하고 있는 일이 없었다.

내가 누구든, 어디에 있든

나를 가슴 뛰게 하는 그 무언가가 없었다.

가끔은 모든 게 무의미하게 느껴졌다.
난 아직 이 여정의 해답을 찾지 못했다.

6
나를 발견하는 시간

혼자 있는 시간에 익숙하지 않아.

항상 누군가를 통해 나 자신을 확인하려 하지.

오로지 혼자가 되는 건

스스로를 믿을 때에만 가능한 일.

다른 사람의 잣대 없이도 나를 똑바로 바라볼 수 있는 용기.

남들의 시선을 물리치고 자아를 바라볼 수 있는 용기.

그런 진실함을 가진 사람이 좋아.

이제는 아주 철저히 혼자가 되어보자.

사람들로부터 도망쳐 고독 속에 머무는 거야.

오로지 나에게만 집중해보는 거야.

처음으로 진짜 나를 마주하게 될 거야.

바래져가고 있던 나를 발견하게 될 거야.

비로소 내가 존재하고 있다는 걸 느끼게 될 거야.

내가 누구든, 어디에 있든

7
서머 필름 페스티벌

브라이언트 파크에서는 여름이 되면 스크린을 설치해 무료로 영화를 상영하곤 한다. 상영 시간표를 체크한 뒤 내가 좋아하는 영화 〈E.T.〉를 보기 위해 친구와 함께 공원으로 향했다.

한 시간이나 일찍 도착했지만 이미 공원은 발 디딜 틈 없이 만원이었다. 사람들은 돗자리와 음식, 와인까지 챙겨 와서 이미 이 작은 축제를 즐기고 있었다. 다행히 비어 있는 의자와 테이블을 찾아 자리를 잡았고 무료로 나누어주는 물과 팝콘까지 받아 왔다.

어둑어둑할 즈음 영화가 시작되었다. 야외에서 시원한 맥주와 함께 하는 영화는 그야말로 환상적이었다. 마지막에 E.T.가 우주선을 타고 떠나는 장면에선 모두가 환호성을 지르고 박수를 쳤다.

역시 함께하는 건 뭐든 좋은 거야!
좋은 사람들, 상쾌한 밤공기, 조금의 알코올까지 더해진다면 더더욱!

내가 누구든, 어디에 있든

8
물놀이는 언제나 공짜

우리 동네에는 야외 수영장이 있다. 아주 커다란 공원에 있는 수영장인데 여름이 되면 무료로 개방된다. 바로 앞에는 이스트 강이 흐르고 두개의 브리지가 바로 위를 지나고 있어서 경치도 무척이나 아름답다.

나는 어릴 적부터 물을 워낙에 좋아했다. 푹푹 찌는 더위에는 늘 수영장이나 바다를 찾곤 했다. 그런데 무료 수영장이 집 근처에 있다니! 수영복 위에 원피스만 대충 걸치고 슬리퍼를 질질 끌고 수영장으로 향했다.

온종일 수영도 하고, 수건 깔아놓고 태닝도 하고, 눈도 좀 붙이고, 또다시 수영하고….

얼핏 보기에 한강 수영장 같기도 하지만 이곳은 언제 와도 북적이지 않는다. 언젠가 한강 수영장을 찾았다가 말도 안 되는 인파에 놀라 그대로 다시 집으로 돌아온 적이 있다. 그에 비하면 여기는 사람들 걱정 없이 느긋하고 한가로운 시간을 보낼 수 있어 참 좋다.

내가 누구든, 어디에 있든

다시 대충 옷을 걸치고 슬리퍼를 끌고 한 손에 쭈쭈바를 들고 집으로 돌아왔다. 이렇게 집 가까이서 매일매일 피서를 즐길 수 있다니! 이런 게 진정한 휴식이 아닐까.

9
이대로 떠날 수는 없어

4개월간의 길고도 아쉬운 방학이 끝났다. 새 학기 수업을 등록하기 위해 학교를 찾아갔다가 청천벽력 같은 소식을 들었다. 학교 규정이 바뀌어 장학금 제도와 커리큘럼, 등록금이 모두 달라진 것이다. 내가 듣고 싶은 수업을 들을 수 없었고, 장학금마저 받을 수 없는 상황이었다.

지난 학기보다 등록금을 두 배나 더 내야 했는데 당장 수중엔 그만한 돈이 없었다. 수강료가 좀 더 적은 강의를 선택하려 했지만 대체할 수 없다는 답변만 돌아왔다. 사전에 이런 사실을 전혀 통보받지 못했던 나로서는 너무 억울했다. 엎친 데 덮친 격으로 등록 기간이 며칠 남지 않은 상태여서 다른 학교로 옮기는 것도 불가능했다. 지금 이 수업을 등록하지 못하면 난 비자 때문에 한국으로 돌아갈 수밖에 없었다.

최악이었다. 돌아가고 싶지 않았다. 아직 무엇 하나 제대로 해보지 못했고, 나의 미래에 대한 명확한 해답도 찾지 못했다. 어찌 됐든 이렇게 갑작스럽게 쫓겨나다시피 뉴욕을 떠날 수는 없었다. 마음이 조급하고

내가 누구든, 어디에 있든

초초했다. 흥분은 좀처럼 가라앉을 줄을 몰랐고, 눈에서는 쉴 새 없이 눈물이 흘렀다. 어찌해야 할지 모른 채 그렇게 몇 시간이 흘렀다.

불안한 마음으로 다시 사무실을 찾아 처지를 설명하며 다시 한 번 부탁해보았지만 역시나 안 된다는 대답뿐이었다. 사정은 딱하지만 학교의 규칙이니 자기로서는 어쩔 수 없다고 했다. 지푸라기라도 잡는 심정으로 학장과의 면담을 요구했다. 하지만 미리 약속도 잡지 않은 채 무작정 면담하는 것은 허락되지 않았다. 안 된다는 직원과 계속 요구하는 나는 계속해서 실랑이를 벌였다. 다급한 마음에 어느새 언성이 높아졌다. 나는 너무 절실했다.

거의 포기 상태에 이르렀을 즈음 갑자기 기적 같은 일이 벌어졌다. 때마침 내가 면담하기를 원했던 학장이 우리 앞을 지나갔다. 그 사람은 내 이야기를 듣고 나서 다른 코스로 수업을 바꿀 수 있도록 허락해주었다. 하늘이 날 도왔다고 밖에는 생각되지 않았다.

아! 짧은 외마디 숨을 내쉬고는 온몸에 힘이 풀려버렸다. 그때 학장을 만나지 못했더라면…! 생각만 해도 아찔했다. 새롭게 얻은 기회 덕분에 그간 당연하게만 생각해온 일들에 대해 감사한 마음을 갖게 되었다. 이곳에 머물 수 있음이 얼마나 큰 축복이고 행운인지 다시금 되새기게 되었다.

내가 뉴욕에 얼마나 오고 싶어 했는지, 또 지금의 삶을 얻기 위해 얼마나 많은 것들을 포기했는지. 새삼 그런 것들을 떠올리며 뉴욕에서의 하루하루를 마지막 날처럼 살아가겠노라 다짐했다.

10
마침내 맞춰진 퍼즐 조각

친구로부터 책 한 권을 선물 받았다.

전 세계 아티스트들의 스케치를 모아놓은 책.

첫 장을 펼쳐보는 순간 알았다.

내가 누구이고, 무엇을 해야 하는지,

내가 왜 뉴욕에 오게 되었는지를.

운명과도 같았던 바로 그 순간.

마침내 나의 인생이 퍼즐 조각처럼 온전히 맞춰지고 있었다.

내가 누구든, 어디에 있든

스스로 규정짓지 않는다면
어떤 것이든 할 수 있고
어떤 사람이든 될 수 있어.

11
꿈을 만나다

책을 선물 받은 뒤 그림을 그려야겠다는 생각에 사로잡혔다. 스케치들을 보자 알 수 없는 전율이 온몸을 휘감고 있음을 느꼈고, 곧 그것이 그토록 찾고 있던 '나의 꿈'이라는 걸 깨달았다.

새로운 경험과 나에 대한 확신을 얻고 싶어 뉴욕으로 왔지만 명확한 목표와 꿈이 없었기 때문에 늘 혼란스러웠다. 다시 뉴욕으로 돌아와서는 이것이 나의 가장 큰 고민거리였다. 내가 정확히 무엇을 잘하는지, 무엇을 원하고 있는지 몰랐기 때문에 그저 답답할 뿐이었다. 주위 친구들이 자신의 꿈을 향해 노력하고 부딪치고 달려 나가는 모습을 지켜보자니 꿈에 대한 갈증은 더욱더 심해졌다.

'실패해도 좋고, 실수해도 좋다.
나에게도 부디 꿈이라는 게 있었으면 좋겠다.'

그맘때쯤 '꿈이 있는 사람'이 가장 부러웠다. 그렇게 간절하던 찰나에 정말 운명처럼 그 꿈을 만나게 된 것이다. 신기하게도 책을 보자마자 순식간에 확신이 들었다. 이게 바로 내가 찾던 일이구나!

문득 어린 시절의 일이 생각났다. 아주 어릴 때부터 줄곧 나는 화가가 되고 싶었다. 고등학교에 올라가기 전까지는 그 꿈이 한 번도 바뀐 적이 없었다. 방 안에 틀어박혀 책을 읽거나 그림을 그리는 게 내 일과의 전부였다. 엄마가 제발 밖에 나가서 놀다 오라고 부탁을 할 정도였다. 그림을 그리는 것이 나에겐 뭔지 모를 사명감과도 같이 느껴졌다.

그림을 그릴 때면 시간이 멈추고 모든 것이 사라지는 듯 했다. 오로지 나와 연필과 스케치북이 슥삭이는 소리만을 만들어낼 뿐이었다. 아마도 그때가 내가 존재하고 있다는 것을 가장 명확하게 느끼는 순간이 아니었을까?

크면서 그림 그리는 시간은 점점 줄어들었다. 나중에는 그림 그리는 방법마저 까먹고 말았다. 어린 시절 그토록 좋아하던 그림에 대해서는 까맣게 잊어버린 채 그렇게 나는 어른이 되었다.

내게도 꿈이 있었단 사실이 꽤나 당황스러웠다. 단지 현실의 무게에 짓눌려 그것을 기억하지 못했을 뿐이다. 어쩌면 내가 꿈을 기다리고 있었던 것이 아니라 꿈이 나를 기다리고 있었을지도 모른다는 생각이 들었다. 그동안 나에게 일어난 일련의 사건들을 떠올리며 내 마음속 깊은 곳에 자리 잡고 있던 꿈이 내가 찾아와주기를 바라며 나를 이끌었을 거란 확신이 들었다.

실제로 뉴욕에 와서 매일같이 마주치는 거리의 아티스트들을 보며 나도 무언가 창조적인 것을 해보고 싶다는 생각을 했다. 그 이름 모를 아티스트들은 내 마음 깊숙이 자리하고 있던 그림에 대한 열정을 자극하는 데 도움을 주었다. 마치 이 모든 게 처음부터 정해져 있었다는 듯이.

드디어 인생의 목표를 발견해낸 것에 엄청난 행복감을 느꼈다. 이제야 모든 것이 제자리를 찾은 것 같았다. 무의미하게 느껴지던 시간은 이제 나를 위해 돌아가고 있었다. 인생의 목표가 생기자 앞으로 펼쳐질 삶에 대한 기대로 가슴이 뛰기 시작했다. 그 순간 난 삶에 대한 열정으로 충만했고, 모든 것에 자신만만했다.

12
나이기 때문에
살 수 있는 삶

독립,

단독으로,

독자적으로

행동하자.

나로 태어나 나로 살다가 나로 죽어야 하는 인생.

처음과 끝을 함께할 수 있는 것은 오직 나뿐이므로.

나니까, 나이기 때문에 살 수 있는 삶을 살자.

흉내 내지 않고,

모방하지 않고,

나만이 살 수 있는

나만의 삶을 살자.

내가 누구든, 어디에 있든

13
그림으로 세상과 소통하다

작은 스케치북과 스케치용 펜을 몇 자루 사서 그림을 그리기 시작했다. 어딜 가나 펜과 스케치북을 챙기는 것이 습관이 되었다.

뉴욕의 풍경과 사람들은 아주 훌륭한 소재가 되어주었다. 처음엔 전망이 좋은 카페를 찾아다니며 창밖 풍경을 그리곤 했지만 나중에는 길거리 한복판에 털썩 주저앉아 그리기도 하고 지하철, 공원, 학교 등 때와 장소를 가리지 않고 그림을 그렸다. 거리에서 그림을 그리면서 나와 같은 사람들을 자주 만났고 다양한 방식으로 그림을 그리는 그들에게서 많은 걸 배웠다.

참 신기했다. 그림을 그릴 땐 피곤함조차 느껴지질 않았다. 그저 그림을 그리는 내가 존재한다는 사실만 느껴질 뿐, 그 어떤 것도 머릿속에 떠오르지 않았다. 나에게 그림은 시간과 공간의 기록이며, 세상과 소통하는 방법이고, 나를 자유롭게 만들어주는 촉매제였다.

그림을 그릴 때 살아있음을 느낀다. 이것이야말로 가장 큰 축복이자

내가 누구든, 어디에 있든

행복이 아닐까. 시간, 일, 아니면 돈, 또는 사람. 항상 무언가에는 쫓기며 사는 인생 속에서 나의 존재만을 오롯이 느낄 수 있는 시간. 얼마나 빛나는 순간인지. 나는 그저 하루하루가 감사하고 행복했다.

그림을 그리면서 틈틈이 전시회나 인터넷을 기웃거리며 다른 아티스트들의 작품을 찾아보곤 했다. 세상엔 실력 있는 예술가들이 넘쳐났다. 뛰어난 아티스트들을 볼 때면 내 자신이 너무나 초라하게 느껴졌지만 좌절하지는 않았다. 오히려 그들을 보며 자극받아 스스로에게 채찍질을 했다.

거리 풍경을 스케치하는 사람들의 모임에 가입하면서 그림을 그리겠다는 나의 열정엔 더욱 불이 붙기 시작했다. 사실 나는 그림을 정식으로 배운 적이 없어서 그림을 그리는 데 어떤 기술이 필요한지 테크닉은 잘 모른다.

하지만 내가 뉴욕에서 배운 건 나를 표현하는 데 있어서 어떤 형식이나 기술도 필요 없다는 것이었다. 전 세계에서 모여든 사람들과 그림으로 소통한다는 것은 그 어떤 뛰어난 미술 교육보다 훨씬 값진 공부였다. 어반 스케치 활동은 나의 예술적인 시각을 확장시키는 계기가 되었다.

가끔은 거리에서 그림을 파는 아티스트들을 찾아가 이런저런 이야기를 나누고, 그들의 그림을 사와 집에 걸어놓기도 했다. 전시회장에 걸어놓은 웅장하고 세련된 작품들보다 이렇게 길거리나 지하철역에 아무렇게나 펼쳐놓은 작품들이 좋았다. 틀에 얽매이지 않은 그들의 자유분방함이 좋았고, 작가와 친구처럼 직접 소통할 수 있다는 점이 좋았다. 그들을 만나며 점차 나도 할 수 있다는 용기가 생겼고 한걸음에 희망 가득한 도전으로 발전했다.

특별한 누군가에게만 허락된 것이 아닌, 보통의 사람도 충분히 해낼 수 있다는 것. 나는 그것을 증명하고 싶었다. 사회가 요구하는 기준과 뿌리 깊은 편견을 깨고 그려내고 싶었다. 순수한 열정만으로도 가능하다는 것. 그것을 세상에 증명해 보이고 싶었다.

내가 누구든, 어디에 있든

14
화를 내도 달라지는 건 없다

휴대폰 요금 폭탄을 맞았다!

매달 50달러씩 요금을 지불했는데

갑자기 100달러가 떡 하니 청구되었다.

고지서를 부들부들 부여잡고는 통신사로 향했다.

분노로 가득 찬 나는 약간의 험한 말과

말도 안 되는 보디랭귀지를 섞어가며 직원과 실랑이를 했다.

환불을 약속받고 일단락되는 듯싶었으나

결국 100달러가 통장에서 고스란히 빠져나갔다.

그리고 나에게 굳은 약속을 한 그 직원은 통신사를 그만두었다.

세상일이 언제나 내 맘처럼 흘러가는 것은 아니다.

어차피 바꿀 수 없는 일이었다면

그 친구에게 화내지 말 걸 그랬다.

15
뉴욕에 관한 재미있는 사실

- 뉴욕에서는 매년 1억 개의 테이크아웃 중국 음식이 팔린다.
- 하루 평균 570만 명 이상이 뉴욕 지하철을 이용한다.
- 지난 50년간 뉴욕에서는 피자 한 조각의 가격과 지하철 요금이 일치했다.
- 뉴욕의 지하철은 세계에서 가장 크다.
- 뉴욕 지하철은 24시간 운행된다.
- 뉴욕 지하철에서 공연하는 연주자들은 엄정한 오디션을 거쳐 선발된다.
- 뉴욕 시민 중 절반은 집에서 영어가 아닌 언어를 쓴다.
- 뉴욕에는 4,000여개의 합법적인 거리판매소가 있다.
- 뉴욕은 미국 25대 도시 중 가장 범죄율이 낮은 도시다.
- 뉴욕 시민의 37%는 미국 밖에서 태어났다.
- 매년 250편 이상의 영화가 뉴욕에서 촬영된다.
- 38명의 미국인 중 1명은 뉴욕에 살고 있다.
- 뉴욕시에서는 200개가 넘는 언어가 사용된다.

내가 누구든, 어디에 있든

TAXI FARE

- $2.50 The initial charge.
- $0.50 1/5 mile
- $0.50 per 60 seconds slow traffic.
- $0.50 night surcharge

16
우리 집은 과일가게

내가 사는 동네엔 1층이 상가인 건물이 많다. 그중에서도 우리 집 1층엔 과일가게가 있어서인지 항상 정겹고 사람 사는 맛이 난다. 가격도 무척 저렴해 과일 덕후인 나는 원 없이 과일을 먹고 있다. 24시간 쉬는 날 없이 운영하기 때문에 낮이든 밤이든 새벽이든 집으로 돌아오는 길엔 어김없이 이 과일가게에 들른다.

매일매일 점원들을 마주치다 보니 이제는 서로 알아보고 만나면 반갑게 인사를 나눈다. 어디 가냐고 묻기도 하고 안부를 주고받기도 하니 집에 오가는 길이 항상 즐겁다. 가끔 대문 열쇠를 깜빡하고 집에 두고 와도 과일가게 직원들이 마스터키로 열어주기 때문에 안심이 된다.

가끔 창문을 활짝 열어놓고 1층에서 과일을 정리하는 점원들을 보고 있으면 나도 모르게 즐거워진다. 어찌나 부지런한지 새벽에도 조는 법이 없다. 자꾸만 게을러지는 나는 이 친구들을 보며 반성하게 된다.

하루의 시작과 끝을 상큼한 과일 향과 함께 할 수 있다는 건 참 대단한 행운이다.

내가 누구든, 어디에 있든

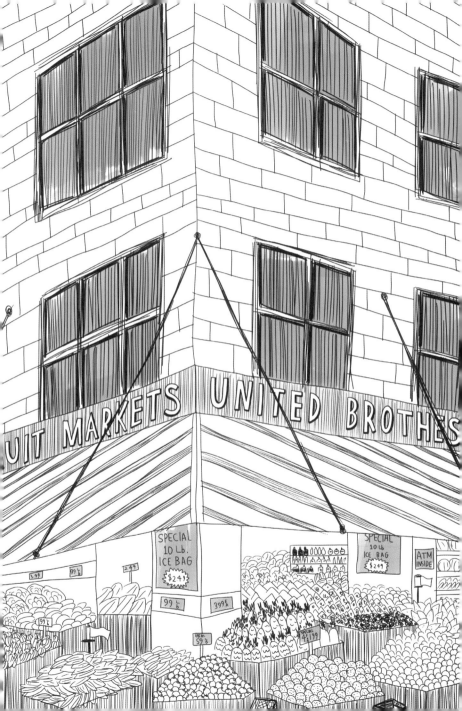

17
나를 위한 10%

원래가 문구류에 관심이 많아서 예쁜 필기구를 보면 사두는 버릇이 있다. 그래서 내 방에는 색연필, 사인펜, 색종이, 노트 등등이 다양하게 자리하고 있다. 하물며 그림을 그리게 된 뒤로는 뉴욕의 문구점이나 화방이 그야말로 내게는 천국이었다. 적어도 일주일에 한두 번은 꼭 들르는 단골 장소가 되었다. 급기야 자주 가는 화방의 멤버십 카드까지 발급받아 재료들을 사기 시작했고, 그곳에 가는 것이 화장품이나 옷을 사러 가는 것보다 더 즐거워졌다.

몇 백 가지는 되어 보이는 다양한 펜과 물감, 붓, 스케치북들을 둘러보다 보면 시간이 훌쩍 지나갔다. 사고 싶은 것이 많았기 때문에 꼭 필요한 것을 가려내는 것도 일이었다. 미술 도구들은 생각보다 비싸서 한 번 화방에 들르면 몇 십 달러가 깨지는 건 기본이었다. 그러다 보니 내가 너무 쓸데없는 낭비를 하는 게 아닌가 하는 걱정이 들어 가장 친한 친구에게 고민을 털어놓았다. 친구의 답은 아주 간단했다.

내가 누구든, 어디에 있든

"누구나 수입의 10%는 자기 계발에 쓸 수 있어야 한다고 생각해."

나는 물가가 살인적이라는 뉴욕에서 학비와 생활비를 감당해야 했다. 돈을 아껴가며 여행 경비를 따로 모으느라 더욱더 빠듯한 생활을 하고 있었다. 평소에 도시락을 싸 가지고 다닐 정도로 지출에 민감했기 때문에 선뜻 친구의 말에 동의할 수 없었다. 친구에게 생활비가 점점 빠듯해지고 있어서 미술 도구들을 사면서도 아깝다는 마음이 든다고 말했다.

"스스로에게 10%도 투자할 수 없다면 도대체 인생이 무슨 의미가 있는 거야?"

친구의 날 선 대답에 뒤통수를 크게 얻어맞은 것 같았다.

"넌 지금 수입의 10%, 그 이상을 오직 널 위해 투자하고 있어. 난 네가 아주 바람직한 인생을 살고 있다고 생각해. 다른 곳에서 생활비를 줄이는 한이 있더라도 자기 계발을 위한 지출은 꼭 필요해. 그 정도도 투자하지 않고 뭔가를 이루려고 하는 건 과한 욕심이야. 그래, 아깝게 느껴질 수도 있겠지. 당장 눈에 보이는 효과가 없으니까. 지금 예쁜 옷을 사 입고 자랑하면 그 돈은 아깝지 않다고 느낄지도 몰라. 그렇지만 그게 영원할까? 너에게 투자한 돈과 시간이 지금은 아무런 가치가 없다고 느껴지겠지만 그건 영원히 네 것이고, 누구도 뺏을 수 없는 진짜 너만의 보물이야. 시간이 지나면 그 보물이 네가 어떤 사람인지 증명해줄 날이 올 거야. 지금의 투자가 네 인생 전부를 변화시키게 되겠지."

친구의 말에 진심으로 감동을 받았다. 아낀다고 아등바등하다 보니

지금은 부족하고 초라하지만
언젠가 내 그림들을 누군가 봐주는 날이 올 거야.

나 자신을 위한 푼돈마저도 아까워하게 되었다는 사실이 참 부끄러웠다. 이후로 나는 미술 도구뿐만 아니라 다른 어떤 것을 살 때도 그것이 나를 위한 투자라는 생각이 들면 기분 좋은 마음으로 아낌없이 썼다.

그렇게 화방에서 자그마한 사치를 즐기고 온 날엔 책상에 쌓여 있는 색색의 펜들과 스케치북, 그리고 아직은 별 볼 일 없어 보이는 시시한 내 그림들을 바라보곤 했다.

'지금은 부족하고 초라하지만 언젠가 내 그림들을 누군가 봐주는 날이 올 거야.'

친구의 말처럼 나의 보물들이 모여서 언젠가는 나 김나래를 증명해 줄 날이 오기를 간절히 소망했다.

어느 곳에 존재하건
결국은 똑같다.

뉴욕의 삶도 서울의 삶도
환경만 달라졌을 뿐
어떤 삶이건 삶은 삶인 것이다.

UPPER WEST SIDE.

NEW YORK

18
일상의 마법 같은 순간

갑자기 세찬 비바람이 들이친 탓일까.

브로드웨이 역에서 멈춰 선 열차는 한동안 꼼짝하지 않았다.

얼마나 시간이 흘렀을까.

갑자기 정전이 되었다.

초조한 마음으로 고개를 들어 맞은편 아주머니를 바라본 순간

불은 다시 켜졌고

아주머니는 내 마음을 안다는 듯이 아주 환하게 웃어주었다.

왜일까.

그 순간 나는 너무나도 마음이 편안해져서 소리 내어 웃고 말았다.

빠르게 사방으로 옮아간 웃음.

열차 안의 모두는 한동안 그렇게 웃어버렸다.

웃음, 말로는 설명할 수 없는 일상의 마법.

19
진정한 아티스트를 위한 지원비

주변 사람들에게 가끔 그림을 그려주곤 했다.

친한 언니에게 그녀가 바라던 꿈의 집을 그려주었다.

서툰 손길로 그린 그림은 언뜻 보아도 투박하기 그지없었다.

그럼에도 불구하고 언니는 싱글벙글 연신 웃음을 보이며 기뻐했다.

그 후 언니로부터 작은 봉투를 건네받았다.

'진정한 아티스트를 위한 지원비'라고 적힌 쪽지와

50달러가 들어 있었다.

언니는 내 그림에 가치를 지불한 최초 구매자가 된 셈이었다.

내 그림을 좋아해주는 사람이 있다는 게 참 행복했다.

그림을 그리고 또 누군가에게 기쁨을 줄 수 있다는 건 참 멋진 일이구나.

언니 덕분에 더욱 용기가 생겼다.

나도 누군가에게 용기를 줄 수 있는 사람이 되고 싶어졌다.

내가 누구든, 어디에 있든

당신의 가슴을 뛰게 하는 것은
무엇입니까?

20
사색의 시간

나는 약속시간 전에 카페에 앉아 있기를 좋아한다.

한 시간 전에는 미리 나와서 커피를 마시며

그날 하루를 즐겁게 보낼 수 있도록 마음을 다잡는다.

수첩에 그림을 그리거나 떠오르는 말을 쓰기도 하고

나의 꿈과 소망들을 적어보기도 한다.

때론 사람들을 관찰하며 사색에 빠지기도 한다.

이런 시간은 신이 주는 선물이다.

바쁜 생활 속에서 한숨 돌리고 나를 돌아볼 수 있는 시간.

마음을 평온하게 다스릴 수 있는 여유.

별 것 아닌 것 같던 카페에서의 한 시간은 어느새 나를 변화시킨다.

멋지고 훌륭한 생각들은 언제나 고요함 속에서 생겨나는 법.

누구에게나 나름대로의 방법으로 명상하는 시간은 필요하다.

방이든, 카페든, 어디든 상관없다.

중요한 건 차분하게 나를 되짚어보는 시간이 필요하다는 것.

그 시간은 예상치 못한 방법으로 뜻밖의 선물을 가져다줄지 모른다.

21
나는 증오의 포로입니다

맨해튼에서 열린 한 사진전시회에 다녀왔다. 전시회장은 온통 어떤 흑인 남자의 사진으로 가득했는데, 낯익은 얼굴을 자세히 보고서 곧 그가 '넬슨 만델라'라는 걸 알아챘다. 사진 속 만델라는 내가 알고 있던 대통령이나 인권운동가의 모습이 아닌 오히려 평범한 보통의 남자 같아 보였다.

그중 철창 너머 만델라를 찍은 사진이 나의 이목을 끌었다. 그는 철창 안에 있으면서도 아주 평온해 보였다. 심지어 그는 웃고 있었다.

만델라는 무려 27년이나 옥살이를 했다. 그것도 가장 악랄하기로 소문난 외딴섬의 교도소에서. 그는 교도관들에게 갖은 수모를 당하고 온갖 고초를 겪었지만 단 한 번도 무력으로 맞서지 않았다. 오히려 평화적인 자세로 교도관들을 감화시켰다. 도대체 만델라에게는 어떤 힘이 있기에 불가능을 뛰어넘어 세상을 바꾸고 전 세계인들을 감동시켰을까.

찬찬히 사진을 살펴보았다. 그의 표정은 흔들림 없이 차분했다. 무언가를 인내하고 있는 듯 보였다. 기약 없는 무언가를 끈질기게 기다리는

내가 누구든, 어디에 있든

눈빛이었다. 석방된 후에 그는 이렇게 말했다.

"억압한 사람들도 억압받은 사람들만큼 자유로워져야 한다는 것을 나는 분명히 알았습니다. 다른 사람의 자유를 빼앗은 사람은 증오의 포로입니다. 그는 편견과 편협심의 창살 뒤에 갇혀 있습니다. 억압한 사람들과 억압당한 사람들을 동시에 해방시키는 것, 이것이 나의 사명입니다."

원망이나 증오 없이 모두를 포용하는 마음. 이 위대한 마음을 품을 수 있는 인간이었기 때문에 만델라는 범인에 그치지 않았나보다.

만델라의 사진을 보는 것만으로도 마음이 치유되는 것 같았다. 그동안 내가 품어왔던 누군가를 향한, 무언가를 향한 증오와 원망. 그로 인해 고통 받고 상처 받는 이는 다름 아닌 나 자신임을 알게 되었다. 그리고 그 상처들은 나로부터 시작되었기 때문에 그것을 끝낼 수 있는 이도 바로 나라는 사실을 깨달았다.

만델라의 말처럼 자유로워지기로 했다. 지금까지 내가 원망한 모든 것들을 해방시켜야 할 때였다. 나는 마음속으로 조용히 모든 것들을 용서했다.

순식간에 정말 자유로워졌다. 마음이 그렇게 편안할 수가 없었다. 이제 다시는 무언가를 미워하는 마음을 품지 않기로 다짐했다. 그리고 진정 모두가 자유로워지기를 바랐다.

22
두 번째 크리스마스

또 한 번 뉴욕에서 크리스마스를 맞았다. 뉴요커들은 크리스마스를 모두가 함께 즐기는 축제로 받아들인다. 크리스마스 시즌이 되면 거리, 상가, 집 안… 뉴욕 어느 한 곳 크리스마스답지 않은 곳이 없다.

뉴욕 거리는 온통 번쩍이는 조명들로 눈부시다. 거대한 상가 건물들은 화려한 장식을 휘감아 더욱 웅장해 보인다. 집집마다 경쟁하듯 크리스마스 장식에 몰두하기 때문에 주택가 풍경도 별반 다르지 않다. 과연 올해는 어떤 집이 가장 아름다운지 친구들과 '베스트 크리스마스 하우스' 랭킹을 매길 정도다.

밤새도록 크리스마스 불빛들은 꺼질 줄을 모른다. 뉴요커들은 단순히 크리스마스의 분위기만 좋아하는 것이 아니라 모두가 함께 만들어가는 그날의 과정까지 즐기고 있었다. 여기서 그냥 크리스마스를 흘려보내면 큰일이라도 날 것 같아 아주 자연스럽게 나도 집을 꾸밀 생각을 하게 되었다.

내가 누구든, 어디에 있든

Merry Christmas

집 앞 마트에서는 한 달 전부터 크리스마스트리용 나무를 팔았다. 나는 그곳에서 식탁에 올려놓을 만한 작고 귀여운 나무를 골라 왔다. 형형색색의 장식들로 집을 꾸미기 시작했고, 밖에서도 잘 보이도록 창문을 꾸미는 것도 잊지 않았다. 마지막으로 방문 입구에 'HAPPY CHRISTMAS'라는 문구를 걸어놓았다. 크리스마스트리에 둘러놓은 전구에 불을 켜니 마치 다른 세상에 온 것처럼 아늑하고 아름다웠다.

크리스마스가 지나서도 집안 곳곳의 장식들을 그대로 두었다. 덕분에 여전히 집에서는 매일매일이 크리스마스였다. 시간이 지나면서 크리스마스트리에서 잎이 떨어지기 시작했고, 밥을 먹다 음식에 나뭇잎이 들어가기도 했다. 창틀과 천장에 붙여놓은 장식에서는 금박이가 떨어지는 바람에 집이 온통 금가루 천지가 되어버렸다.

매일매일 바닥을 청소하고 옷과 얼굴에 붙은 반짝이들을 떼어내야 했지만 그래도 나는 즐거웠다. 이조차도 지금, 그리고 여기, 뉴욕에서만 누릴 수 있는 행복이라는 걸 아니까.

'한국에 돌아가면 분명 난 이 순간을 무척이나 그리워하겠지.'

그런 생각을 하자 크리스마스와 이별하기가 더더욱 싫어졌다. 결국 한참의 시간이 흘러 자연적으로 장식이 떨어져 나갈 때가 되어서야 나는 집안에 남아 있는 크리스마스의 흔적들을 지우기 시작했다. 그리고 우리 집은 다시 예전의 모습으로 돌아왔다. 크리스마스가 걷혀 나간 평범한 식탁에 앉아 '과연 내가 또다시 이곳에서 크리스마스를 맞이할 수 있을까'를 생각해봤다.

내가 누구든, 어디에 있든

사실 나는 조금 두려웠다. '꿈의 도시'에서 사는 동안 정말 꿈을 꾸는 듯이 내가 원하는 모든 일을 했고, 여태껏 살아보지 못한 삶을 마음껏 누렸다. 그토록 원하던 답도 찾았다. 어쩌면 나는 아직 환상 속을 헤매는 철부지 어린아이일지도 모른다. 하지만 언제까지나 '현실 속의 나'를 부정하며 모른 척 살아갈 수만은 없었다.

이제는 조금씩 현실로 나아가야 한다. 제멋대로 즐긴 대가를 지불해야 할 시간. 그동안 생각해보지 않았던 사실을 서서히 체감하기 시작했다. 언젠가는 내 꿈의 세계를 떠나야 한다는 사실을.

당신이 할 수 있는 가장 큰 모험은,
당신이 꿈꿔오던 삶을 살아가는 것이다.

— 오프라 윈프리 (방송인)

제4장

사색의
시간

새로운 뉴욕

1
나답게 보이기

눈을 떠보니 온 세상이 하얬다. 매년 겨울, 이곳에는 폭설이 내린다. 나는 새하얀 풍경의 뉴욕도 좋아한다. '뉴욕 하면 겨울, 겨울 하면 뉴욕'인 만큼 눈이 왕창 쌓인 뉴욕은 더욱 뉴욕답다.

이곳 사람들은 딱히 유행에 민감하지는 않지만 나름 공통적인 뉴요커들의 겨울 패션이 있다.

- 긴 패딩을 입는다. 검은색일수록 좋고 길수록 좋다.
- 남녀 구분 없이 부츠를 좋아한다. 방수가 되는 레인부츠일수록 좋고, 역시 검은색일수록 좋다.
- 비니나 털모자는 필수! 단, 귀를 완전히 덮을 수 있어야 한다.
- 여자들은 쫄바지를 즐겨 입는다. 치마를 덧대 입지 않고 쫄바지만 입는다.
- 운동화와 백팩을 애용한다. 치마 정장에 운동화를 신고 백팩을 멘 모습으로 출근하는 직장인도 많다.

186   내가 누구든, 어디에 있든

매일 지하철에 탄 사람들을 관찰하다 보니 대략 이 다섯 가지 정도의 특징을 발견했다. 겨울이 되면 대부분의 사람들은 이 다섯 가지 아이템 중 하나, 또는 그 이상을 갖추고 밖으로 나온다. 이것만 보아도 뉴요커들이 얼마나 실용적인지를 알 수 있다.

뉴요커들은 언제나 화려하게 자신을 치장할 거라는 생각은 사실 편견이다. 실제 이들은 굉장히 합리적이기 때문에 때와 장소에 맞는 옷차림을 중요시한다. 감각적이고 독특한 옷차림을 좋아하는 것도 사실이지만, 어디까지나 그런 옷차림이 필요한 상황에서만이다.

그래서 처음에 우리는 서로가 충격을 받는다. 예들 들면 이런 상황이다. 나는 거리에 힐을 신은 여자가 없어서 당황스러웠고, 그들은 힐을 신고 등교하는 나를 보고 충격을 받았다.

나를 위한 옷차림과 남을 위한 옷차림. 나는 사실 온전히 나를 위한 옷차림을 해본 적이 없었다. 그보다는 누군가에게 예쁘고 멋지게 보이고 싶었던 적이 많았다. 하지만 뉴요커들은 다른 이들의 이목을 신경 쓰지 않는다.

예쁘게 보이기보다는 나답게 보이는 것. 최고의 패션은 바로 이것이다. 뉴욕에서 또 한 가지를 배웠다.

2

여행은 나를 알아가는 과정

어쩌면 여행이란

스스로를 견디지 못할 때 날아드는

최후의 통첩 같은 것인지도 모른다.

여행을 떠날 때면 항상 새롭고 멋지고 낭만적인 것을 꿈꿨다.

하지만 몇 번의 떠남을 반복하며 깨달았다.

여행은 결국 환상에 지나지 않는다는 것을.

낯선 도시에서 새로운 무언가를 찾아 헤매면
현실의 괴로움을 잊을 수 있을 거라 생각하지만
결국 나는 거기서 조금도 벗어날 수가 없다.

여행은 새로운 것을 찾기 위한 도구도,
현실을 도피하기 위한 수단도 아니다.
여행은 그저 나를 알아가는 과정일 뿐.

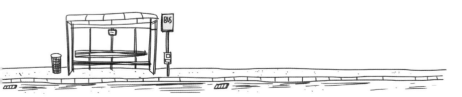

3
just simply

외국에서의 생활이 길어질수록

나는 점점 심플해진다.

언제 훌쩍 떠나버릴지 모른다는 생각 때문인지

옷차림과 소지품 등 모든 것이 단출해졌고

외출할 땐 노트 한 권만 달랑 들고 나가는 일이 많아졌다.

그럴수록 생각 또한 단순해졌다.

소유를 해야만 풍족할 것 같았는데

이상하게 비울수록 풍요로웠다.

단순할수록 느긋하고 여유로웠다.

복잡하게 느껴졌던 것들도

결국엔 간단했고,

거대하게 보이던 것들도

애초엔 작은 것이었다.

내가 누구든, 어디에 있든

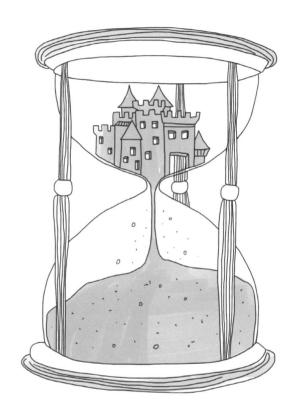

just simply,

모든 것은 생각보다 단순하다.

4
우리의 우정은 특별했다

작년에 결심한 대로 올해도 어김없이 겨울 여행을 다녀왔다. 잦은 여행 덕분에 꽤나 대담해졌는지 이번엔 미국 땅이 아닌 곳이 눈에 들어왔다.

LA와 가까운 멕시코 칸쿤. 그동안 사진으로만 보아왔던 카리브 해. '저런 바닷빛이 정말로 존재하는 걸까?' 너무도 비현실적이라 존재 자체를 의심했던 그 광경을 두 눈으로 확인할 수 있는 시간이 주어졌다. 실제로 본 카리브 해는 눈이 시리도록 아름다웠다.

이번 여행은 현지에서 만난 친구들 덕분에 더더욱 즐거웠다. 어딜 가든 자꾸만 그들과 마주치는 바람에 서로를 신경 쓸 수밖에 없었다.

올랜도 블룸을 닮은 패트릭과 애쉬튼 커처를 닮은 에릭. 둘은 형제였다. 이들 역시 뉴욕에서 왔다고 했다. 뉴욕에 대한 이야기를 나누다 보니 우리는 급속도로 가까워졌다. 게다가 같은 리조트에 묵고 있었기 때문에 밥을 먹을 때도, 수영을 할 때도 계속 일행처럼 붙어 다녔다.

급기야 우리는 칸쿤에서의 모든 일정을 함께하기에 이르렀다. 칸쿤

내가 누구든, 어디에 있든

이 순간은 다시 오지 않겠지.
지금의 나는 이 순간에도 계속 사라지고 있으니까.
시간을 멈출 수 있었으면 좋겠어.
순간을 영원처럼 간직할 수 있도록.

의 정글로 놀러갔을 때는 마치 어린 시절 놀이터에서 새로 사귄 친구들과 모험을 떠난 것 같은 기분을 느꼈다. 오래된 동굴에서 수영을 하고, 지프를 타고 이곳저곳을 탐험했다. 저녁에는 근사한 레스토랑에서 식사를 하며 각자의 연애사부터 고민거리, 꿈에 대한 이야기까지 아주 많은 이야기를 나누었다.

여행지에서 만난 갑작스러운 4명의 조합. 우리가 나누었던 우정은 특별했다. 그래서 짧았던 겨울 여행이 끝나가는 것이 무던히도 아쉬웠다.

5
떠나보면 알 수 있는 것들

행복은 공기와 같아서 그 속에 있으면 알아채지 못한다.

감사해야 할 이유는 늘 있기 마련이지만 그걸 알아차리기란 쉽지 않다.

익숙하던 것들로부터 떨어져 나와서야

내가 가진 게 얼마나 많은 사람이었는지,

감사한 것들이 얼마나 많았는지를 알게 된다.

당연시하던 모든 것들이 새로워지고,

별 것 아닌 줄 알았던 것들이 특별하게 다가오는가 하면,

작은 것 하나에도 감사함을 느끼게 되는,

떠남이란 그런 것이다.

6
내 곁에 있어줘서 고마워

이곳에 와서 친구들을 정말 많이 만났다. 일본에서 모델로 활동했던 유카코와 뉴욕 댄스 대회에서 2등을 차지한 18살 치세, 터키에서 온 치과 의사 누르, 아프리카에서 온 껑다리 지토, 페루에서 온 핸섬한 알렉스. 뉴욕이 아니었다면 이렇게 다양한 국적의 친구들을 어떻게 만날 수 있었을까?

우리는 수업시간에 종이쪽지를 돌리며 선생님 몰래 농담을 주고받았다. 방과 후에는 여럿이 함께 밥을 먹고, 재즈 공연을 보러 가고, 파티를 즐기기도 했다. 많은 시간을 함께하면서 서로를 이해하고 좋아하게 되었다. 본국으로 돌아가는 친구가 있을 때면 다 같이 눈물을 흘리기도 했다.

우리 모두는 하나같이 영어가 서툴렀다. 아이러니하게도 그래서 더욱 빨리 가까워질 수 있었다. 말이 막히면 번역기, 손짓, 발짓, 몸짓 모든 걸 총동원해서 상대방을 이해시키려 노력했다. 그런 서로의 모습이 너무 바보 같아서 웃음을 터뜨린 적도 많았다.

우리는 이 낯설고 삭막한 땅에서 서로에게 단순한 친구 이상의 존재가 되어주었다. 얼굴, 언어, 생활방식, 그 모든 것들이 달랐지만 그런 건 아무래도 상관없었다. 나는 친구들이 어떻게 자랐고, 어떤 교육을 받았는지, 어떤 일을 했고, 어떤 사람들을 만났는지 알 수 없었다. 지금 내 앞에 있는 현재 모습만을 볼 뿐이었다.

과거를 걷어 내고 선입견 없이 사람을 대하게 되자 아주 놀랍게도 그 사람의 장점만이 눈에 들어왔다. 이토록 순수하게 사람들과 관계를 맺은 것은 처음이었다.

뉴욕에서 만난 친구들은 내 삶에 커다란 활력소가 되어주었다. 이 친구들이 없었다면 내가 어떻게 뉴욕 생활을 견뎌냈을지….

마음으로 대화하는 법을 알려줘서 고마워.
세상을 아름답게 볼 수 있게 해줘서 고마워.
내 곁에 있어줘서 고마워.

7

워싱턴에 벚꽃이 필 때

4월의 뉴욕. 여기저기 벚꽃이 흐드러지게 피어났다. 나는 이 잠깐의 순간을 제대로 즐기고 싶어 짧은 여행을 다녀오기로 했다. 마침 뉴욕과 가까운 워싱턴에서 '내셔널 체리 블러썸 페스티벌'이 열리고 있었다.

버스를 타고 4시간을 달려 타이틀 베이슨 호수 근처에 도착했다. 수많은 인파 속으로 벚꽃잎이 흩날렸다. 나는 아름다운 이곳의 풍경을 부지런히 스케치북에 담았다.

그림을 그리는 사람에게 여행은 여러 모로 유익한 경험이다. 여행지 자체가 그림의 소재가 되어주는 것은 물론이고, 한 번도 가보지 못한 곳에서 느끼는 신선함이 새로운 영감을 불어넣어 주기 때문이다. 여행을 다녀오고 나면 창조적인 아이디어들이 떠올랐고, 그런 것들을 떠올릴 때마다 온몸의 세포가 짜릿해질 정도로 활기가 돌았다.

떨어지는 벚꽃잎을 보면서 뉴욕에서의 시간이 얼마 남지 않았다는 것을 직감했다. 올해가 이 여정의 마지막 해가 될 것이라는 예감이 들었다. 이렇게나 넓은 세상을 다 가보지도 못하고 떠나야 한다니.

'한국에 돌아가기 전에 최대한 많은 곳을 가보자.'

이런 생각을 하며 끝없이 펼쳐진 벚꽃 길을 걷고 또 걸었다. 벚꽃잎은 내가 맨해튼으로 돌아가는 순간까지도 끊임없이 흩날렸다.

'앞으로 어떤 사람이 되든지 이 아름다운 세상과 삶을 기록하는 일만은 놓지 말자. 계속해서 나만의 방식으로 세상을 느끼고 표현하자.'

나는 마지막으로 호숫가를 뒤돌아보며 이렇게 다짐했다.

8
쿨해도 너무 쿨해

수업이 끝난 후 오랜만에 친구와 시간을 보내기로 했다. 며칠째 하늘이 찌뿌둥하다가 마침 날씨가 활짝 갠 날이었다. 우리는 맨해튼 중심부를 가볍게 산책하기로 했다.

콜롬비아에서 온 이 친구의 이름은 '라파엘'이다. 남미 사람 특유의 그을린 피부와 매력적인 외모를 가졌고, 웃을 때는 아이처럼 귀엽다. 라파엘은 평소에 말수가 많은 편은 아니어서 언제나 뒷자리에 혼자 앉아 있다가 수업이 끝나면 서둘러 가곤 했다. 라파엘이 소외감을 느끼지 않을까 싶어 쉬는 시간이 되면 내가 먼저 말을 걸었다. 한마디 한마디 나누다 보니 이제는 꽤 친해져서 농담까지 주고받을 정도로 스스럼없는 사이가 되었다.

우리는 시시콜콜한 이야기를 나누며 한참을 걸었다. 커피가 마시고 싶었지만 카페가 눈에 띄지 않았다. 저 멀리 맥도날드 간판이 보여 아쉬운 대로 맥도날드 안으로 들어갔다. 커피를 주문한 뒤 다시 이런저런 이

내가 누구든, 어디에 있든

야기를 나눴다. 그런데 갑자기 라파엘의 표정이 진지해졌다.

"나 할 말이 있어."

"뭔데?"

라파엘은 잠시 우물쭈물하더니

"나 너 좋아해."

"…?"

"… 나, 너의 남자친구가 되고 싶다고."

"…!"

라파엘의 말이 어떤 의미인지 이해한 순간, 갑자기 얼굴이 빨개졌다. 이렇게 단도직입적으로 고백을 받은 건 처음이라 꽤나 당황스러웠다. 난 그에게 좋은 친구로 남고 싶다고 말하고 서둘러 화제를 돌려버렸다.

라파엘과 헤어진 뒤 집으로 돌아오는 길, 혹시라도 그가 상처 입지는 않았을까 계속 신경이 쓰였다. 휴대폰을 만지작거리며 한참을 고민하다 결국 라파엘에게 문자를 보냈다.

라파엘! 날 좋아해줘서 너무 고마워!

나도 널 친구로서 무척 좋아해!

너처럼 멋있고 매력적인 친구를 잃고 싶진 않아.

정말 미안해.

우리 여전히 좋은 친구인 거지?

라파엘에게서 답장이 왔다.

Yes, I'm OK.
Don't worry, Narae.
(그럼, 걱정마.)

다음 날, 학교에서 다시 만난 라파엘은 정말 예전과 다름없는 친구였다. 우린 똑같이 웃고 떠들고 장난을 쳤다. 너무 다행스러우면서도 한편으론 내심 섭섭한 마음이 들었다.

'어제만 해도 좋아한다더니, 쿨해도 너무 쿨한 거 아냐?'

참, 여자의 마음이란….

9
햇살이 좋은 날엔

햇살을 맞는 게 참 좋다.

쨍쨍한 날엔 밖에 나가 가만히 햇볕을 쬐곤 한다.

아무 말없이 햇살에만 집중하다 보면 기분이 좋아진다.

햇빛이 싫어 선글라스를 쓰거나 온몸에 선크림을 덕지덕지 바르곤 했는데

언제부턴가 햇살이 부서지는 그 눈부심이 좋아졌다.

살이 까맣게 그을어도 상관없었다.

그런 것에 신경 쓰는 대신 이제는 햇살을 맞는 순간의 기분에 더 집중한다.

지금 이 순간의 행복은 두 번 다시 오지 않을 테니까.

가끔은 해변이나 공원에 비치타월을 깔고 누워 태닝을 하기도 한다.

아무렇게나 풀썩 누워 햇빛 샤워를 하면 잠이 솔솔 온다.

잠시 사색에 빠져도 좋고, 좋아하는 음악을 들어도 좋다.

무얼 하든 그 순간만큼은 온전한 나만의 시간이 된다.

내가 누구든, 어디에 있든

나이를 먹는다는 건 꽤나 멋진 일인 것 같다.
나이를 먹을수록 보이지 않던 것들이 보이니까.

시간을 되돌리고 싶지는 않다.
예전엔 몰랐던 것들을 알고 있는 지금의 내가 정말로 좋다.
그리고 앞으로 나에게 허락된 모든 시간을 값지게 쓰고 싶다.

10
슬퍼지거나 두려워져도

가끔 슬퍼지거나 실망감이 들어도

나에 대한 믿음을 저버리지 않기를.

가끔 두려움 때문에 앞으로 나아가지 못해도

나에 대한 사랑을 잊어버리지 않기를.

가끔 자신 없이 흔들리더라도

타인의 눈을 통해 나를 바라보지 않기를.

세상의 기준이 아닌

나의 기준,

나의 눈으로 세상을 올바르게 바라보기를.

11
Quotes

미국인이 아닌 것, 그리고 그리니치빌리지에서 태어나지 않은 것이 너무도 안타깝다.
이곳은 쇠퇴하고 있을지도 모르고, 내가 들이마시는 공기 대부분에는 먼지가 잔뜩
뒤섞여 있을지도 모른다. 그렇다 하더라도 뉴욕, 여기는 무언가 일어나는 곳이다.

— 존 레논 (가수)

아무도 뉴욕을 그대로 그릴 수 없다.
더 정확히 말하자면, 뉴욕은 그 자체로 느끼는 것이다.

— 조지아 오키프 (화가)

뉴욕엔 잠을 쓸모없게 만드는 무언가가 있다.

— 시몬느 드 보봐르 (철학자)

당신이 누구든지 간에 당신 자신과 당신의 꿈을 믿는다면,
뉴욕은 항상 당신을 위한 장소가 될 것이다.

— 마이클 블룸버그 (전 뉴욕시장)

내가 누구든, 어디에 있든

뉴욕은 아티스트에게 영감을 준다. 뉴욕에서는 특별히 무언가를 할 필요가 없다.
뉴욕은 당신을 계속 흥미롭게 해준다.

— 맷 딜런(영화배우)

12
떨어지는 빗소리,
퍼져가는 비 냄새

나는 냄새 맡는 걸 좋아한다.

사람 냄새, 흙냄새, 물 냄새, 나무 냄새….

저마다 제각각 고유한 냄새가 난다.

어떤 냄새를 맡으면 생각지도 못했던 추억이 떠오른다.

마치 머릿속에 냄새 저장소가 있기라도 한 것처럼.

나는 비 냄새를 좋아한다.

세상의 모든 먼지가 씻겨 내려갈 때, 그 특유의 냄새가 좋다.

비가 오는 날엔 항상 창문을 열고 비 냄새를 맡는다.

퍼붓는 소나기에 흠뻑 젖어 뛰놀던 천방지축 계집애,

좋아하는 남자애와 우산을 같이 쓰던 볼 빨간 소녀,

운동화를 적시도록 눈물을 쏟아내던 청승맞은 아가씨.

똑.

똑똑.

떨어지는 빗소리, 퍼져가는 비 냄새.

되살아나는 선명한 그림자.

13
진짜 예술품

해외여행을 간다면 가장 가보고 싶은 곳이 있었는데 바로 나이아가라 폭포였다. 특별한 이유가 있어서라기보다는 워낙 잘 알려진 곳이기 때문이다. 뉴욕에 오고 나선 꼭 가보리라 내내 다짐을 해오던 차였다. 마침 무척 저렴한 여행상품이 있길래 고민할 것도 없이 바로 예약을 했다.

여행 당일, 아침 일찍 서둘러 집합 장소로 향했다. '싼 게 비지떡'이라고 장장 10시간이 넘도록 관광버스를 타고 가는 여정이었다. 하지만 걱정했던 것보다 그리 지루하지는 않았다. 나이아가라까지 이동하는 중간중간에 버스에서 내려 볼거리들을 둘러볼 수 있었기 때문이다.

나이아가라 폭포에 도착했을 때는 이미 깜깜한 밤이었다. 폭포는 어둠 속에 제 모습을 숨겼고, 나는 그저 소리만으로 그 크기를 짐작해볼 뿐이었다.

내가 누구든, 어디에 있든

다음 날 아침 일찍 폭포를 다시 찾았다. 그야말로 입이 떡 벌어지는 장관이었다. 도저히 형용할 수 없는 장엄한 자연 앞에 절로 숙연해지기까지 했다. 빨려 들어갈 듯한 물줄기를 조금 더 가까이에서 보고 싶어 폭포 바로 앞에까지 가는 배에 올라탔다.

물폭풍이 몰아치고 있었다. 사방에서 떨어지는 물벼락 때문에 정신을 차리기조차 힘들었지만 눈을 똑바로 뜨고 폭포를 올려다보았다. 폭포의 거대한 힘이 고스란히 느껴졌다. 순간, 온몸에 전율이 일었다. 그 웅장한 분위기에 위압감마저 들었다.

자연 앞에 선 나는 한없이 무력한 존재였다. 숙연한 마음으로 그 엄청난 신의 예술품을 바라볼 뿐이었다.

14
가끔은 침묵

'말'이 거추장스럽게 느껴질 때가 있다.

언어로는 표현하지 못하는 것들이 있다.

뇌리에 각인되는 순간들.

그것들에 비하면 언어는 너무도 초라하다.

언어라는 비좁은 틀에 가두기엔 아까운 순간.

그럴 땐 그저 침묵하자.

내 안에 순간이 영원히 자리 잡을 수 있도록.

때론 말보다 침묵이 더 많은 것을 이야기한다.

언어는 사라지지만 본질은 사라지지 않는다.

15
영어로 꿈을 꾼다는 것

뉴욕에 온 지 2년이 다 되어가던 어느 날, 문득 내가 지금까지 계속 영어로 꿈을 꾸고 있다는 사실을 깨달았다. 오랫동안 한국에서 산 외국인이 한국말로 꿈을 꾼다고 해서 참 재미있다고 생각한 적이 있었다. 그런데 내가 지금 그와 똑같은 상황에 놓여 있다니.

이제는 내 무의식조차 내가 뉴욕에 있다는 사실을 받아들인 듯했다. 나는 늘 뉴욕이 배경인 꿈을 꾸었다. 등장인물의 인종은 다양했지만 항상 영어로 대화를 나눴다. 얼마나 당연하게 여겼는지 꽤 오랫동안 이것을 알아차리지 못했다.

내가 꿈에서 영어를 쓴다는 건 단순히 언어만 바뀌었다는 것을 뜻하는 게 아니었다. 언어가 바뀌었다는 것은 정신적인 것, 즉 관점과 생각, 가치관 등등 그 모든 것이 완전히 바뀌었다는 것을 의미했다. 한 언어 안에는 특정 사상과 문화가 고스란히 반영되어 있으니까.

영어로 이야기할 때는 미국인의 관점에서 생각하게 되는 반면, 한국어

내가 누구든, 어디에 있든

로 이야기할 때는 다시 지극히 한국인의 입장에서 생각하게 되었다. 언어가 바뀌면서 사고하는 과정이 완전히 뒤바뀜과 동시에 성격까지 바뀌게 되어 나는 한동안 이런 두 가지 모습의 나를 대하기가 혼란스러웠다.

돌이켜 보건데 나는 스스로를 이해하지 못할 때가 많았다. '내가 생각하는 나'와 '실제의 나' 사이에는 괴리가 있었다. 둘 사이의 거리는 결코 좁혀지지 않았다. 서로 다른 나를 이해해보려 부단히 노력해봐도 복잡해지기만 할 뿐이었다.

뉴욕에 와서야 나는 스스로를 옭아매는 시도를 멈추었다. 나를 이해하려는 노력과 시도들이 결국엔 쓸데없는 일이라는 사실을 깨달았다. 나는 그냥 나일뿐, 아무리 노력해도 스스로를 완벽히 이해할 수는 없었다. 그 대신 나의 새로운 모습들을 자연스럽게 나로서 받아들이기로 했다.

설사 내가 어제와는 전혀 다른 말을 내뱉는다 해도 그런 나를 거리낌 없이 받아들여야지. 내가 나조차 이해하지 못할 행동을 한다 해도 스스로를 비난하지 말아야지.

어제의 나와 오늘의 나는 모순될지도 모른다. 하지만 분명한 건 어제보다 오늘 나는 성장했다는 것. '과거의 나'에 연연하기보다는 '지금의 나'에 충실하기를. 과감하게 지금의 나를 밀어붙이기를. 혹 그로 인해 오해를 받을지라도.

당신은 누구입니까?
당신이 좋아하는 것은 무엇입니까?
당신은 무엇을 원합니까?

아직 답을 찾지 못했다면
여행을 떠나라.

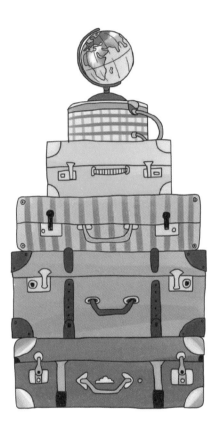

16
쇼핑의 천국 뉴욕에서
쇼핑으로부터 해방되다

뉴욕은 정말로 쇼핑의 천국이다. 쇼핑센터가 어마어마한데다 가격 또한 미친 듯이 싸다. 11월 마지막 주 금요일인 '블랙프라이데이'에는 전백화점이 치열하게 세일에 들어간다. 이날은 미국의 모든 매장이 공식적으로 폭탄 세일을 하는 날이다. 게다가 24시간 내내 영업을 하기 때문에 밤새 쇼핑할 수 있는 날이기도 하다.

보통 뉴요커들은 값비싼 명품백이나 신발, 옷 등을 블랙프라이데이에 저렴하게 사기 때문에 평소에는 크게 과소비를 하지 않는다. 주변에 아울렛이 많고 꼭 연말이 아니더라도 세일을 자주 하기 때문에 나는 뉴욕에서 쇼핑할 때 제 가격을 지불한 적이 거의 없다. 가격대가 저렴하지 않은 브랜드여도 한쪽에는 언제나 세일 코너가 마련되어 있어서 운이 좋으면 마음에 드는 물건을 싸게 살 수 있다.

세일 폭이 굉장히 커서 보통 티셔츠는 10달러 안쪽으로 살 수 있고, 민소매 같은 경우는 2달러에도 살 수 있다. 한번은 마음에 드는 원피스

내가 누구든, 어디에 있든

가 100달러나 하길래 아쉽게 돌아선 적이 있었는데, 다음번에 같은 매장에서 같은 원피스를 세일 가격 25달러에 살 수 있었다.

뉴욕에 있는 동안 쇼핑은 거의 다 이런 식이었다. 그동안 한국에서 같은 브랜드의 제품을 두세 배 이상 비싸게 주고 구입했던 걸 생각하니 조금 억울하기도 했지만 '지금 이렇게 저렴하게 살 수 있는 게 어디야.'라며 위안 삼았다.

언젠가부터 나는 이상하게도 쇼핑 자체에 흥미를 잃어버려서 더 이상 옷이나 장신구를 사는 데 돈을 쓰지 않게 되었다. 대신에 책과 스케치북, 미술 도구를 사 모았다. 쇼핑이라면 사족을 못 쓰던 내가 어느 순간 돌변한 것이다.

뉴욕의 자연스럽고 소박한 분위기가 나에게 꽤나 영향을 끼친 게 아닌가 싶다. 이곳에선 남의 시선을 신경 쓰지 않아도 되기 때문에 더 이상 나를 꾸미고 치장할 필요가 없었다. 화장을 하는 일도 줄어들었고 거추장스러운 옷차림도 없어졌다.

어느 한쪽으로 신경 쓸 일이 없어지자 해방감을 느꼈다. 나는 더 이상 어디에도 얽매이지 않는 자유로운 사람이었다.

17
오래된 것에는 묵직한 감동이 있다

나는 오래된 것들을 좋아한다.

나를 감동시키는 것은

최신식의 세련된 것이 아닌 아주 오래된 것들이다.

오래된 건물을 보면

한참 동안 말을 잊는다.

오래된 것들은 깊은 울림을 준다.

거기엔 묵직한 감동이 있다.

구멍가게 같은 골동품 상점을 보면

그냥 지나치지 못한다.

삐그덕.

문을 열면 다른 세계로 빨려 들어간다.

내가 모르는 세상의 비밀을 간직하고 있을 것만 같은

신기하고도 묘한 자태.

낡은 것들을 고리타분하다고 생각하던 시절이 있었다.

어쩌면 나는 늘 새로운 자극만을 좇았는지도 모른다.

새것도 곧 낡은 것이 된다는 사실은 잊은 채.

18
이제 진짜 내 인생으로

어느덧 코끝 시린 겨울이 왔다. 이제는 정말 한국으로 돌아갈 준비를 해야만 했다. 올 초부터 막연하게나마 뉴욕을 떠나야 한다고 생각은 하고 있었지만 막상 이렇게 현실로 다가오니 마음이 심란해졌다.

나는 뉴욕에서 마지막으로 크리스마스를 보내고 한국으로 돌아가기로 마음먹었다. 12월 30일 한국행 비행기 표를 예약하고 나니 의외로 담담해졌다. 이곳에서 할 수 있는 모든 일에 최선을 다했기 때문에 뉴욕 생활에 대한 후회는 남지 않았다.

한국으로 돌아가면 나는 다시 사회 초년생이 된다. 하지만 대학을 갓 졸업하고 사회에 첫 발을 내딛은 보통의 청춘들보다 내가 훨씬 불리한 입장이다. 나는 이미 20대 후반에 접어들었다. 한 분야에서 꾸준히 경력을 쌓은 것도 아니다. 그들과의 경쟁에서 이기는 데 필요한 무기는 단 하나도 갖추질 못했다.

하지만 나는 이상하리만치 침착했다. 누군가는 나를 허송세월을 보

내가 누구든, 어디에 있든

낸 무모한 청춘이라 여기겠지만 나는 준비가 되어 있었다. 나는 이제야 진짜 내 인생으로 뛰어들 준비를 마쳤다.

나는 내가 진정 원하는 것이 무엇인지를 알고 있다. 겉으로 보기에 나는 아무것도 가진 것 없는 빈털터리겠지만 나의 내면은 진짜 보물들로 가득 차 있다.

나는 한국에서의 새로운 생활에 대한 세세한 계획을 세우지 않았다. 나는 나를 믿기로 했다. 이미 내 마음속에서는 무언가 시작되고 있었다.

19
마지막 크리스마스

내게는 마지막이 될, 뉴욕에서의 세 번째 크리스마스가 돌아왔다.

북적이는 브라이언트 파크의 플리마켓에 들러 기념품 몇 개를 사고 대형 트리 앞에서 기념사진을 찍었다. 이제 내년부터는 이곳의 크리스마스 풍경을 볼 수 없다고 생각하니 기분이 이상했다. 길거리의 사람들은 하나같이 행복해 보였다. 나는 이 모습을 오랫동안 가슴속에 담아두고 싶어 한동안 벤치에 앉아 사람들을 바라보았다.

집으로 돌아와 못 다한 짐 정리를 하고 벽에 걸려 있던 그림들을 모두 떼어냈다. 이 그림들을 처음 발견하고 사 오던 날이 떠올랐다. 뉴욕의 길거리에서, 그리고 다른 나라에서 사 온 이 그림들을 나는 무척이나 아꼈다. 나는 이것들을 보며 꿈을 키웠다. 하나도 빠짐없이 꼼꼼히 포장해 두고는 그림들에게 나지막이 고맙다는 인사를 전했다.

집을 정리하다 보니 문득 처음 이곳에 이사 온 날이 기억났다. 첫날엔 침대가 없어서 맨바닥에서 잠을 청했다. 바닥에서 올라오는 한기에 도

내가 누구든, 어디에 있든

저히 잠을 이룰 수 없었던 나는 결국 화장실 라디에이터 옆의 변기에 앉아 새우잠을 자야 했다.

나는 이 집을 무척이나 좋아했다. 특히나 커다란 창문에서 쏟아지는 햇살을 맞을 때, 나는 정말 행복했다. 아침마다 햇살이 방 안을 가득 메우면 눈을 비비며 창문을 열었다. 나는 눈앞에 펼쳐진 장면을 보고서야 비로소 실감했다.

'아, 내가 정말 뉴욕에 와 있구나.'

눈물이 핑 돌았다. 오늘은 어떤 일이 펼쳐질지, 또 어떤 예상치 못한 사건이 날 기다리고 있을지, 매일매일 가슴 떨렸다.

이곳에서의 추억에 잠겨 있는 사이 어느새 밤이 되었다. 나는 거실의 창문을 열고 난간에 가만히 걸터앉았다. 깜깜한 하늘에는 잔뜩 물먹은 달이 떠 있었다. 주변을 파스텔로 칠하듯 달빛이 퍼져나갔다. 겨울밤의 공기는 무척 차가우면서도 상쾌했다.

어디선가 들려오는 크리스마스 캐럴.

얼큰히 취한 사람들의 웃음소리.

밤거리를 수놓은 초록 불빛.

이 모든 것들이 내겐 벅찬 감동이었다. 청춘의 한 페이지를 이렇게 아름답게 장식할 수 있어서 행복했다. 언제나 빛나는 시절로 기억될 지금, 그리고 뉴욕. 뉴욕에서의 마지막 크리스마스는 눈물 나게 아름다웠다.

내가 누구든, 어디에 있든

20
과거에서 온 편지

이곳에서 난 무엇을 얻었는가.

상상할 수 없는 경험을 했고,

꾸어보지 못한 꿈을 꾸었고,

살아보지 않은 삶을 살았다.

하고 싶은 것이 생겼고 삶에 대한 철학이 생겼다.

뉴욕에 있다는 이유만으로

가난해도, 불편해도, 힘들어도 모든 게 낭만적이었다.

브루클린의 허름한 음식점에서 싸구려 중국 음식을 먹어도 행복했다.

있으면 있는 대로 또 없으면 없는 대로

모든 건 그 나름의 의미가 있었다.

누구 하나 인생은 이런 것이다, 저런 것이다 가르치려 들지 않았다.

저마다 자기만의 길이 있었고,

무엇이 더 좋거나 더 나쁘다고 저울질하지 않았다.

내 꿈의 도시 뉴욕에서 보낸 시간은 무모했지만 아름다웠다.

위태로웠지만 뜨거웠다.

이제 이 모든 것을 안고 돌아갈 시간이다.

마지막으로 집을 천천히 둘러보며 이곳에서의 흔적을 지우기 시작했다.

나의 뉴욕 생활은 커다란 종이 박스 6개로 압축되었다.

해외 이사 센터에 전화를 걸어 모든 짐을 한국으로 부쳤다.

집은 텅텅 비었다.

모든 것은 마치 내가 처음 왔을 때로 돌아간 듯 말끔했다.

슬퍼서인지 후련해서인지 모를 눈물이 났다.

나는 종이와 펜을 꺼내 1년 뒤의 나에게 편지를 쓰기 시작했다.

그간의 여러 장면들이 머릿속을 스쳐 지나갔다.

또박또박 글씨를 써 내려가며 나를 칭찬하기도, 또 격려하기도 했다.

기뻤다.

그것은 순수한 기쁨이었다.

이 세상, 이 드넓은 우주 속에 온전히 나 자신으로 존재함이 기뻤다.

세상은 나를 위해, 또 나는 이 세상을 위해 존재하는 것임에 틀림없었다.

나는 세상 속에 마침내 정식으로 발을 들여놓게 되었다.

비로소 나는 진정한 삶을 살기 시작한 것이다.

내가 누구든, 어디에 있든

서두르지 않기로 했다.

그저 나에게 주어진 이 삶을 온전히 살기로 했다.

불평하지 않고, 비교하지 않고, 온전한 나 자신으로서.

나는 더 이상 도망가지도, 숨지도, 피하지도 않을 것이다.

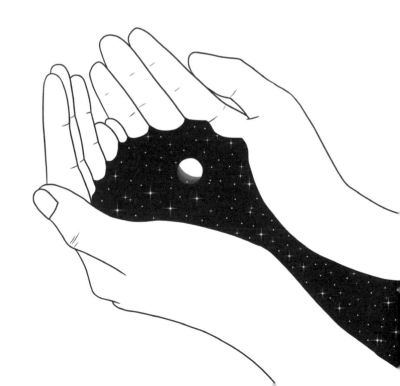

중요한 건
그저 결심하는 것.
그 순간,
세상은 나를 위해 움직이기 시작한다.

21
be yourself, be happy

행복해지기 위해 꼭 필요한 것,

그건 바로 나 자신이 되는 것.

바꾸려 하지 마.

다른 사람이 뭐라고 하든 상관없어.

누군가와 똑같이 될 필요는 없어.

그저 나 자신이 되면 되는 거야.

진짜 나.

운명은 내 안에 있어.

be yourself,

그리고

be happy.

내가 누구든, 어디에 있든

유익한 정보와 다양한 이벤트가 있는
리스컴 블로그로 놀러 오세요!

홈페이지 www.leescom.com
리스컴 블로그 blog.naver.com/leescomm
페이스북 facebook.com/leescombook

내가 누구든
어디에 있든

글·그림·사진   김나래
본문 디자인   노성일
표지 디자인   김미언

편집   최현영 이희진
마케팅   황기철 장기봉 이진목
경영관리   박태은

출력·인쇄   금강인쇄(주)

초판 1쇄   2017년 2월 1일
초판 4쇄   2017년 4월 10일

펴낸이   이진희
펴낸곳   (주)리스컴

주소   서울시 서초구 강남대로79길 2(은도빌딩), 4층
전화번호   대표번호 02-540-5192
           영업부 02-544-5934, 5944
           편집부 02-544-5922, 5933 / 540-5193

FAX   02-540-5194
등록번호   제2-3348

ISBN   979-11-5616-114-1 03810
책값은 뒤표지에 있습니다.